행복한　난청

# 행복한 난청

음악에 관한 어떤 산문시

조연호 지음

ㄴㄴ〉〈ㄷㄴ

# 서序

## 곰방대를 든 연당여인蓮塘女人

폭양曝陽 아래, 녹양綠楊 아래, 나는 생황 든 오른손과 곰방대를 든 왼손을 가진 연당여인과 만나 심드렁히 권태에 젖곤 했다. 여름과 나는 그해의 저녁 길에 대해 상반된 기억을 얘기했다. 한번 지나간 것은 돌아오지 않고 돌아온 것은 시간이 아니라 공간이니까 연잎이 넓어지는 날은 가로등도 모닥불처럼 흔들려야 옳았다. 봄꽃은 그해 여름까지 머리 위에 붙은 불길을 꺼뜨리지 않고 이곳까지 걸어왔다. 지금 내가 흰 바탕의 손 하나를 내밀었다면, 다음에 내미는 손은 붉은 글씨로 쓰인 내 이름. 소리는 무덤의 이첩移牒들이다. 그건 나무가 아니라 나무를 흉내내는 소리들이다. 연못의 붕어가 가늘게 똥싸는 것을 보았고 연당여인과 나는 월력과 태양력으로 서로 다르게 늙어갔다. 머리 위에 붙은 불길을 하나하나 치켜세우며 꽃은 붉은 글씨로 내게 손 내민다. 부표처럼 내 머리 위를, 거대한 손바닥을 쓸며 바람이 떠다녔다. 엄마, 내 손은 붙잡진 못하고 붙잡히기 위해서만 만들어졌나봐. 잘못만 빌기 위한 손바닥인가봐. 구름인가봐. 투명한 반구뿐인 허공으로 진홍빛이 걸어온다. 저녁에 시작된 불이 옥상에 홀로 선 내 머리칼로 천천히 옮겨붙는다. 폭양 아래, 녹양 아래, 당신은 베는 것과 쏘는 것, 늘 순간과 마지막만 강조했다.

# 신들의 새벽으로 떠나는 인간의 저녁

Jeff Mangum,
《Orange Twin Field Works Vol.I》, 2001

## 여름방학 곤충채집

독작獨酌의 장점 중 하나는 상대방의 자잘한 관심사를 염두에 둘 필요가 없다는 것이다. 술을 마시면서 책을 읽을 수도 있고 음악을 듣거나 영화를 볼 수도 있다. 때문에 알코올과 함께 머릿속으로 들어오는 수많은 정보는 술이 깨고 나면 늘 희미하고 흐릿한 풍경이 된다. 책은 오독이 되고 음악은 난청이 되며 영화는 여러 편의 스토리가 얽히며 불분명해진다. 단언컨대, 난 이런 풍경들을 소중히 여긴다. 질서라는 건 미시적 수준에서 볼 때 혹은 나노 수준에서 볼 때 얼마나 무질서하게 흩어져 있는 것인가. 인공위성에서 찍은 지구의 대지처럼 거시적 시각에서도 그건 마찬가지로 조잡하다. 벌레 먹은 자리처럼 생이 비루해지고 시간이 느닷없이 빠르거나 느려질 때면 나는 생각한다. 내기를 걸 수 있다면 나는 정반합 어느 쪽에도 걸지 않겠다고.

음악은 체득된 것들과 체득되지 못한 것들이 함께 추는 춤이다. 그중 민속음악(전통음악)은 고유의 지역과 토착화된 과거의 어떤 체득이 현시現時와 체득화되지 못한 채 그 주변을 떠도는 기이한 춤이다. 민속음악의 경우 '음악' 그 자체보다는 '지역'을 먼저 떠올리

게 되는 경우가 대부분일 텐데, 상이한 시간성을 거슬러올라 그 공
간성까지를 체험하게 하는 이 음악들은 지역을 불문하고 낯설고
외래적일 수밖에 없다는 숙명을 담고 태어난다. 불행한가? 정착한
자들은 유목을 동경하면서 동시에 불안해한다. 반대로 유목하는
자는 정착을 동경하면서 묶임을 불안해한다. 떠다니는 것들에 대
해 평온과 불안을 동시에 느끼는 자가 있다면 그는 아마 전생을 잃
은 사람일 것이다.

《Orange Twin Field Works Vol. I》은 불가리아와 그 주변 지
역들, 발칸반도라 부르는 지역의 음악을 채록한 음반이다. 제프 맹
검이 직접 녹음과 편집을 했으며(조악한 음질은 그가 몸담은 그룹
뉴트럴 밀크 호텔Neutral Milk Hotel의 그것처럼 꽤나 로파이Lo-Fi하고, 과
연 어떤 종류의 편집 과정을 거쳤는지 의구심이 들 만큼 질감이 거
칠다) 민속음악 여러 곡이 옴니버스식으로 구성되어 한 곡을 이루
고 있으며, 한 곡이 곧 앨범 전체가 되는 구조를 가지고 있다. 실제
음악의 퍼포먼스 부분은 지역 민속예술인들의 것이고, 제프 맹검
은 그저 바라보고 즐기는 자로 참여한다. 순수하게 개인적 취향에
서 비롯된 작업이고, 정확히는 자기의 음악이랄 수 없는 음반을 발
표했는데도 이 음원이 그의 음악으로 유효할 수 있는 것은, 떠다니
는 것들을 하나의 캔버스 위에 채집해 펼쳐놓았다는 이유 때문일
것이다. 그런 의미에서 이 앨범은 제프 맹검의 '여름방학 곤충채
집'에 다름 아닌 것이다.

## 길 위의 경건과 천박

인디 록밴드 뉴트럴 밀크 호텔을 이끌며 곡을 쓰는 것을 제외하면 세계 곳곳을 여행 다니며 음악을 채록field recording하는 것만이 취미인 그리스인 제프 맹검에 대해, 이것이 자기의 이름을 달고 발표할 수 있는 음반인지에 대해, 나는 반문하지 않기로 한다. 패러디의 미학도 미학이고 키치의 미학도 미학일진데 어찌 채록에 미학이 없겠는가. 단지 바라보는 것, 현실세계를 투영하는 앵글 자체만으로도 충분히 미학이 만들어지는 것을 익히 보아왔지 않은가? 뿐만 아니라 자신이 연주에 아무런 참여도 하지 않았음에도 그의 크레디트에 늘 이 앨범이 오르내리는 걸 보면 채록하는 자의 심미안 자체를 음악적인 것으로 분류하는 정서에 나는 뜬금없이 감동받곤 한다.

모든 축제 음악이 그렇듯 외형상 이 앨범 'Field Works'는 콜라주다. 다중 중첩되는 종소리가 신에게로 향하는 길을 만들고, 화음에 대한 악곡 구성이 전혀 대위적이지 않으며, 난삽하고 불길하게 흘러드는 피리 소리, 천박하며 사랑스러운 여자들의 합창, 미니멀한 북, 느끼하며 근엄한 남자들의 목소리가 그 길의 배회자들이 된다. 때때로 이 음악들은 평균율을 위반하기 위해 모인 이교도의 집단 같기도 하고, 민속음악과 아방가르드, 정파와 사파, 신神인 아버지를 죽이는 신, 이런 단어들을 떠올리게 해준다. 채록이 행해진 장소인 코프리프슈티차Koprivshtitsa 축제. 이 축제는 이를테면 순수 음악 축제인 우드스톡과는 다른 것이다. 이 축제는 코프리프슈티차라는 산촌山村을 중심으로 불가리아 몇몇 지역에서 보름 넘게 펼쳐지는 민속 축제다. 제프 맹검이 참가해 녹음했던 2000년 축제는 8월 8일부터 8월 15일까지 8일간 열렸으며 유명지를 관람하고 쇼핑도 하고 춤추고 노래 부르고 먹고 마시며 전통음악도 듣는, 참으로 야단스럽고 경박스러운 '유람 축제'였던 것이다. 제프 맹검은 연례행사인 이 관람객 유치용 축제의 2000년 행사에 참가해 신나게 놀았고, 4트랙 레코더 위에 축제의 '경건과 천박'을 녹음했던 것이다.

## 절멸

길 위엔 언제나 그렇지만 경건과 천박이 함께 존재한다. 십자가와 시장통, 저잣거리와 성전이 함께 존재하듯이. 그렇기에 때로는 잘못 든 길이 좋은 길을 만들기도 한다. 지난해 가을, 산책길에 붉은군대합창단Russian Red Army Choir의 소련 국가Soviet National Anthem를 수도 없이 반복해 들으며 가슴 뻐근한 황홀경에 젖곤 하던 나는 문득 연인이 사라진 것을 알았다. 아, 벌써 2년 전, 이렇게 말하면 내 연인은 2년 전에 떠난 것이었고, 아, 지난 계절, 이라고 말하면 지난 계절에 떠난 것이 되곤 했다. 나무들은 날갯죽지 속에 자기 머리를 품고 하늘로 날아오르는 꿈을 꾸는 듯했다. 아, 그 여자가 떠난 아름다운 늦가을, 내가 나에게 중얼거린 말들은 더럽기만 한 탁자를 어떻게든 정리해야 하리라는 각오의 이유가 되기도 했다. 세상과 길의 공통점은 멀거니 가깝거니 순서를 바꾸면서 돌아가는 만화경이라는 것, 거리를 행진하는 어떤 의식 행사의 면면이라는 것, 바라보고 있으면 기분이 나빠진다는 것이라고 생각했다. 그 세상과 길 위에서 집시들이 노래한다. 이번 겨울은 안개가 많을 것이고 편물編物을 두른 사람들이 따뜻한 온기를 숨기고 자라지 않는 목백합나무 근처를 지날 것이다. 집시의 아코디언은 그렇게 말한다. 영원히 낡지 않는 시간이란 모든 기억을 잃었을 때 가능한 것. 벽 모서리에 아름답게 얽혀 있는 정방형 거미줄에 빛이 새끼 나방처럼 힘없이 걸려든다. 인간에게 인식이 생기면서부터 시간은 인간에게 퍽이나 난감한 질료였을 것이다. 연인이 떠난 것은 내가 태어나기 전의 일이라고 말하자 연인은 내가 태어나기 전에 나를 떠났다. 나무 그늘이나 찾으며 거리를 떠도는 의심 많은 사람인 나는 어느 날 술집에 앉아 피부 위에 군청색 도장 자국이 선연한 돼지 한 조각을 젓가락으로 뒤집고 있었다. 이 부위는 슬펐던 적이 있는가 없는가, 이런 따위 생각을 하자니, 나에게는 '나'라고 불러줄 부위가 하나도 없었다. 인간은 시시각각 절멸하는 존재였던 것이다.

## 여름날의 축제와 골방

　불가리아는 사회주의국가였으며 지금은 경제가 무척 열악한 자본주의 나라이고 위치적으로 유럽과 아시아의 교차점에 위치해 있다. 역사적 경험을 볼 때 자본주의로의 전환은 언제나 뒤숭숭하고 꺼림칙한 일이다. 1980년대 말 불가리아는 사회주의와 결별한 순간부터 지금까지, -7.4%의 경제성장률과 높은 실업률을 가진 현재를 향해 걸어왔다. 환멸을 알고 나면 축제는 더욱 아름다워지고 사람들의 소매는 더 짙은 원색으로 아름답게 수놓이는 법이다. 사람들이 가축처럼 일하며 그게 희망이라고 여기는 것을 내가 진보라고 부르기 싫어하는 이유이기도 하다. 어쨌든 예술과 문화는 이념보다 역사와 가깝게 움직이는 배회자여서, 자고이래, 여러 민족의 싸움장이었던(현재까지도) 이 동서양의 접경 근방에서는 문화적으로 매력적인 사생아가 탄생한다. 불가리아의 음악은 그 땅을 거쳐간 그리스 음악의 원류, 러시아 정교의 찬송가, 터키의 음악, 집시의 음악, 아랍 음악, 여러 동유럽의 전통 민속음악이 질탕하게 녹아든 형태를 가지고 있다. 그건 집대성이라고도, 하치장荷置場이라고 부를 수도 있는 것이다. 경박의 힘은 사실 경건의 역학이며, 쾌조快調가 애조哀調로 들리곤 하는 것이 그곳에서는 기묘해 보이지 않는다. 모든 경박이 경건이 되는 것은 아니다. 소수의 경박이라도 경건이 될 수 있다는 의미에서 나는 경박의 편견으로부터 자유로워지고 싶은 것이다.

제프 맹검이 Vol.I의 채록으로 어떤 성취감을 맛보았는지는 알 길 없으나 얼마 전 Vol.II를 위해 유럽 남부를 여행중이라는 소식을 읽었다. *"머리 둘 달린 소년/슬퍼할 이유는 없다/네가 원하는 세상은 눈 덮인 크리스마스 트리 아래/금빛과 은빛 소매들로 감싸여 남겨진 것"*(뉴트럴 밀크 호텔, 〈Two-Headed Boy〉). 한 가지 알 수 있는 건, 그가 이렇게 말할 때 그의 창작과 채록 모두 경계를 구획하고 경계점에 자기 신뢰를 완충하려 하지 않는다는 것. 어둡고 처량한 여름, 밖은 해맑게 부서지는 성하盛夏라는 걸 잘 알면서도 골방에 처박혀 아이스크림을 빨고 있는 어떤 소년을 나는 알고 있다. 아이들이 여름방학에 가족 휴가를 떠날 때, 골방에서 구겨진 폐품의 잠을 자는 소년을 또 나는 알고 있다. 자명한 날들을 세속의 풍경은 영영 사랑하지 못할 것이라고 나와 그 소년은 동시에 생각했다.

## 유목하는 영혼들의 비기悲氣

희미한 것들은 언제나 나를 들뜨게 한다. 춤을 추거나 타악기를 두드리며 부르는 선대의 노래들에겐 종교음악의 경건과 대중음악의 경박이 모두 있거나 혹은 모두 없다. 노래들 간의 경계는 자유로우며 악기와 음성의 경계도 자유롭고 산만한 잡음, 발 구르는 소리와 음의 간극도 불분명하다. 집시들, 지난한 시절 속에서 생이 흘러왔듯, 음악도 지난함 속을 흘러가고 부유하려 한다. 혹시 내가 잘못 듣고 있는 건 아닐까? 이 채록본 어디쯤에선가 나는 내 몸이 정확히 반은 신神, 나머지 반은 짐승으로 직조되었다는 불우한 난청을 듣곤 한다. 삶에 있어 영험한 것은 없다고 생각하는 입장이지만, 만약 있다면 그것이 음악이 되어야 할 것이라고 굳게 믿는다. 그런 의미에서 음악은 나에게 영혼이고 강독에 앉아 홀로 지극으로 기다리는 병든 바람이다. 그다지 우울해지고 싶은 마음이 없는데도, 노래들은 내가 반짐승/반신으로 살던 때의 낮과 밤을 떠올리라고 내내 나를 부추긴다.

풍경은 늘 착시와 환청을 동반한다. "상대속도를 지닌 관측자에게 파동의 주파수가 파원에서 나온 수치와 다르게 관찰된다"라는 도플러의 입장은 소리든 풍경이든 마찬가지다. 풍경은 고여 있는 것이 아니며 거리는 유동성의 다른 이름이다. 사람들이 서로의 거리 사이에서 타인으로 떠돌고, 세상이 무게중심 없는 하나의 추일 때, 세속에겐 누군가를 숨기기 위한 좋은 은신처 하나가 탄생했을 것이다. 통각痛覺으로 각성되는 순간은 언제나 버려지기 직전의 쓸모없는 것들뿐. 더운 여름날, 나의 결별이 언제나 새로운 것이기를 나는 간절히 원했다. 갈구했지만 아무것도 달라진 게 없었다. 아마도 나의 신은 내가 알고 있는 신보다 더 적은 관용만 가지고 있었겠지. 무더운 여름 골방에서 많은 물을 마시고 많은 오줌을 싸던 소년은 이제 유목하는 영혼들, 그 비기를 믿기로 결심한다. 돌아갈 수 없다는 것은 체현體現 없이 꽃필 수 있다는 말이니까, 혹은 내가 아는 모든 바람은 항상 나보다 오래 살았고 또 늘 중성적이었으니까.

"진리는 미풍처럼 온다"라고 니체는 말했다. 울음과 비슷해진 웃음을 머금고 노래가 혼곤히 길어진다. 혼곤함의 말미엔 결국 미풍 혹은 미망迷妄들만 살아남게 될 것이다. 모든 사물이 가진 향정신성 움직임, 소리와 소음의 경계를 그리는 가장행렬, 최면의 시간은 나무의 생장점처럼 가지 끝의 붉은 돌기로 지금은 내내 잠들어 있는 것. 나는 길과 헤어졌다, 그렇게 말하면 나는 길과 헤어진 것이다. 나무의 옹이처럼 견고히 말려 있는 상처의 나선들은 축제와 함께라면 오래도록 덧나지 않을 것이다. 나는 또 그렇게 믿는다. 불행한 곳으로부터 계절들이 왔다가 한 철을 보내고 다시 불행한 곳으로 떠날 채비를 마친다. 붉은색과 흰색의 실로 바람이 빨랫줄을 느리게 타넘는 계절이다. 날벌레조차 매혹적으로 몸을 구기며 잠들어 있을 것 같고, 그해에 본 가장 멋진 밤과 낮에게만 마음을 빼앗기리라 내가 짐짓 작정하고 있었다. 그러고 나서 기원한다. 신이든 인간이든 짐승이든, 돌아오지 마라, 사물이 사물에게 용서를 구하기 전까지는, 나무와 바람이 허공을 수많은 물결로 적시기 전까지는.

# 희디흰, 내세來世가 없는 길몽吉夢

White Noise,
《An Electric Storm》, 1969

# 흰 방

먹이사슬 아래쪽에 위치한 생물들은 대부분 집중력에 의지해 살아간다. 의지할 것이 집중력밖에 없다는 것은, 언제든 미묘한 상태를 유지한다는 것은, 누군가로부터 나를 숨기거나 알아채지 못하게 하는 데에 그 생명력이 있을 것이다. 식물이 직감적으로 잎과 꽃과 열매를 꺼내는 일, 물결이 스스로 비워지고 채워지는 일. 정해지진 않았지만 깨닫지 못하는 사이에 모든 것은 약속한 듯 되풀이된다. 엄마의 손끝은 여전히 봄날이면 진달래와 망칫대와 씀바귀를 뜯으러 시궁창이 있는 더러운 골목을 살필 것이고, 젖었던 흙은 거북등처럼 터져 올라올 것이고, 또 저지대로는 불어난 물이 몰려들 것이다. 해마다 여름에 가재도구를 모조리 길바닥에 꺼내 말리기를 네 번 정도 거듭한 후에야 가족은 그 집에서 떠났다. 늘 그래왔지만 늘 알 수 없는 모습으로 모든 하루가 예민하게 흔들리고 반복된다. 선인장은 자기와 많이 다른 식물과 있으면 죽는다는데, 가시 돋친 엄마는 가족들과 어쩜 그렇게 오래 살아왔을까. 선인장의 꽃말은 무모한 사랑. 나는 구름이 서쪽으로 잘 흐를 수 있도록 유리의 얼룩을 닦았다. 죽으면 누구나 태양의 낙원에 들어간다는 말을 어디선가 들었다. 내가 키우는 식물들은 먹을 수도, 바라볼 수도, 친구가 될 수도 있었지만, 같은 것을 그리워할 수는 없었다.

# 색청色聽

    눈과 혀로 소리를 듣고, 소리로 색깔을 알아맞히고, 단어를 맛보며, 음악을 그리는 능력. 이런 놀라운 능력을 '공감각'이라 부른다. 사물의 색상이 변하면 사물이 가진 음정도 변한다니! 모든 것에게는 본래의 소리와 색깔과 형태가 있다, 라는 말에 나는 그 능력을 질투했다. 어느 날 꿈속에서 한 사람이 여럿으로 등장해 연인 행세를 하기도 하고 서로 치정을 나누기도 하고 서로 두려워 도망치고 있었다. 여러 연인에게, 똑같은 당신에게 사랑한다고 혹은 꺼지라고 말할 때, 내게는 꿈만이 유일한 공감각이었는지도 모른다. 불판 위의 비계처럼 뜨겁게 뚝뚝 떨어지던 산벚꽃 아래를 지나며 벗은 나나니벌이 날고 있다, 라고 말했지만 어떤 음계도 없는 단순한 오후였다. 또 내가 '麒麟(기린)'이라고 쓰고 냄새 맡았지만 알 수 있는 건 잉크 냄새뿐이었다. C장조는 빨간색으로, 6도 단음은 저지방 크림으로 어떤 사람들은 '맛본다'. 또 어떤 사람들은 잡음의 소리를 흰 것으로 혹은 분홍빛으로 '본다'. 비유로만 내 질투가 위안받을 수 있다는 사실이 나는 정말 슬펐다. 짜디짠 소금 알갱이 속의 여름, 언덕엔 빨간 우체통의 질긴 맛. 나는 가문 도랑 속에서 비질하는 중년 여자의 튀어나온 분홍빛 뱃살을 아무 맛도 없이 바라보고 있었다.

## 소리의 빛깔

소리에 색이 존재한다는 건 어린 날 이미 알아차렸다. 어린 시절 나는 좋지 않은 성능의 트랜지스터라디오를 가지고 있었고, 긴 시간 그와 함께 소리를 듣는 일보다는 소리를 만드는 일에 더 열중했었다. 다이얼을 돌리다 주파수의 어느 대역에서 물고기처럼 튀어오르는 가변하는 변화무쌍한 잡음의 세계를 나는 언제나 89.1Mhz 따위의 '정규방송'보다 더 사랑했었다. 배면에 빈틈없이 차오르는 잡음들을 나는 늘 '흰색'이라고, '폭포'라고 생각했었다. 그후 나는 잡음의 진짜 두 이름을 알게 되었다; 백색white noise과 핑크pink noise. 그중 백색은 존재하는 주파수의 스펙트럼이 전부 균등하게 포함되어 있는 노이즈를 말한다. 어린 날의 나를 즐겁게 해주던 바로 그 소리였다. 1969년에, 포크와 사이키델릭, 에로스와 피스peace, 그리고 키보드가 흔치 않던 시절, 무거운 신시사이저를 이용해 '최초의 아방가르드/일렉트로니카적 상황'을 만들어낸 그룹 화이트 노이즈 역시 정규방송보다는 라디오의 잡음을 사랑한 것이 틀림없다고 나는 여겼다. 불안하고 외로운 어느 밤의 뇌우와 폭풍 속에서 즐거운 농담과 카드놀이를 한번쯤 해본 사람들은 흰색과 잡음을 하나로 이해할 수 있는 공감각의 능력자들일 것이라고 나는 생각했다. 개연성 없이 사람에게 총을 겨눌 수 있는 색, 병동의 색, 그리고 알약의 색. "나의 그림을 나쁘게 만들고 있는 것은 대상對象이다"라고 말한 칸딘스키의 말을 빗대면, '개인의 세계를 나쁘게 만들고 있는 것은 자기라는 대상'인지도 모른다. 초기의 무겁고 거대한 신시사이저와 지겹도록 테이프를 잘라 붙이는 원시적 방법으로 더빙을 감행하며 만들어진 화이트 노이즈의 첫 앨범《An Electric Storm》은 대상을 지워내기를 반복하는 자폐의 언어를 형상화한다. 나를 나쁘게 만드는 것, 끊임없이 손을 씻고 새 손이 돋아나기를 바라며 살균 기능이 있는 비누를 강박적으로 모으는 사람을 나는 거기서 본다. 많은 고통과 많은 절약과 많은 인내 속에서도 때로 미친 사람처럼 아이들을 때리던 엄마. 자기가 시드는 것은 단지 꿈 때문이라고 엄마 손끝에 매달린 골목의 흰 계절꽃은 말했었다. 조금 울다가 여자는 쌀을 안칠 물을 받는다. 검은 나비들이 날던 어느 계곡에서 나는 더이상 상징으로 이루어진 세계에 대해 생각하지 않으리라 다짐했다. 그 많은 양지陽地를 얹고서도 산 중턱의 무덤들은 고민이 없었다. 나는 무덤이 알고 있는 양지 녘의 맛과 소리가 몹시도 궁금했다.

## 비몽非夢과의 사랑

빨갛고 예쁘게 수놓인 개줄을 잡은 소녀를 데리고 얼마간의 생을 허비했다. 묘지 푯말처럼 서 있던 산동네 시멘트 벽면, 어둠 속에서 음화와 담배를 나누던 청소년들, 거기서 나는 소녀에게 여러 옷을 입히거나 벗기고 치킨과 딸기우유를 사주며 생을 허비했다. 내가 바꾼 여러 개의 종교 때문에 내 농담과 허무는 목신牧神들에게서 조금씩 멀어질 수 있었다. 세상과 만난 지 얼마 되지 않은 개의 경계심이 가끔 내 손가락을 물었다. 세상은 썩 괜찮았고 다시는 오고 싶지 않은 곳, 이라고 대답할 수밖에 없었다. 소녀가 가버린 날, 나는 붉은 글씨로 '먹지 말 것'이라고 써둔 선반 위 빙초산을 개 먹이에 조금 섞었다. 아무도 없는 집에서 아마 여러 번 토하고 혼자 몸부림쳤겠지. 뛰놀던 아이들이 걸어간 첨탑 건너편까지는 아직 가보지 못했다. 아이들이 사마귀 머리에서 푸른 즙이 나올 때까지 돌을 눌렀지만 사마귀에 대한 아이들의 마음만은 변치 않았다. 잡곡밥처럼 거무튀튀한 무더운 여름밤, 모두 길몽을 기다리며 찌그러진 얼굴로 잠들었다. 내가 허비한 얼마간의 생 앞에서 거울은 대상보다 더 맑고 깨끗했다. 구름의 붉은 쪽 반은 오로지 그를 위해 남겨둔 애도였다.

헌배를 올린다. 새벽이 시작되면 시계視界의 가장 먼 접경부터 사라졌다. 내가 동네 문방구의 딱지들을 흠모할 때, 쓰레기 수거차가 쓰레기를 누르며 색깔 있는 물들을 길바닥에 떨어뜨릴 때, 나는 양파 구근이 발 디딜 곳을 찾아 실뿌리를 뽑던 색깔 없는 물컵 하나를 가지고 있었다. 헌배를 올린다. 따뜻한 5월과 6월께, 맑은 허공 속을 여왕개미와 교미하며 개미들이 떠다녔다. 멀리 날아가는 헬리콥터를 향해 어린 자매가 낮잠 속에서도 힘껏 주먹 쥐었다. 수많은 어족魚族이 헤엄쳐 간 하늘에서, 바람의 냄새가 짙어진 곳에서, 나는 느리게 증발하는 물 한 방울이었고 대학병원 수술실에서 커다란 물혹 하나를 진주조개처럼 감싸고 있던 엄마의 자궁이 사라졌다. 만질 수만 있다면 바람의 뼈는 좋은 느낌일 것만 같았지만, 내겐 그 기분이 뭔지를 표현할 수 있는 더 많은 계절과 숫자들이 필요했다. 헌배를 올린다. 이 잔은 당신들을 위한 것이고 나는 이 잔의 지옥만 알고 있을 뿐. 부러운 것과 부끄러운 것이 너무 많았기에 나는 도서관에서 책을 몰래 오리거나, 사랑하는 미시시피 델타 블루스가 흐르던 전파상 스피커를 칼로 찢고 도망쳤었다. 숨었던 들꽃들이 가문 길로 목마름을 이고 걸어나온다. 영혼이 있다고 나를 속인 것들에게 헌배한다. 자기 외에는 아무것도 태우지 못한다는 걸 알고 있기에 불꽃에겐 헌배가 없다.

## 무통無痛의 목련 아래

어둠 속에서 그녀는 홀로 기다린다

태양이 빛나고 꽃핀 공원에서

그들은 왜 언제나 그림자 속에서 만나고 있나

(⋯⋯) 죽음은 고요한 무통無痛

무슨 일이 일어난 걸까

나는 갑자기 내 몸 위로 솟아올랐다

너무 큰 충격 속에 눈물 흘리며 네가 나를 바라볼 때

나는 말하려 했지만 말할 수 없었다

네게 말하려 했지만 너는 듣지 못했다

그리고 우리는 만났다

—화이트 노이즈, 〈The Visitation〉 중에서

짙은 향의 목련 아래 잡음들이 만드는 진중한 탐문이 시작된다. 마술사의 상자처럼 불안은 늘 희망으로 둔갑된 채 예쁘고 깜찍하게 꺼내지고, 많은 솔깃을 만들며 오후가 부서져간다. 수많은 모세혈관과 다발 갈래를 가진 붉은 계절이다. 엄마가 긴 고름에 노리개의 고리를 끼울 때, 짧은 고름으로 고를 둘러매어 당길 때, 그날 저

녁 우리 가족은 이웃집에서 쌀을 빌려 먹으며 평소보다 더 오래 밥알을 씹었다. 인과를 기억하기 때문에 인간은 과거보다 더 나쁜 존재라고 믿었다. 내가 누군가를 만나는 꿈, 내가 버려지는 꿈, 내가 고아가 되는 꿈, 무통의 고요 속에서 서로 만질 수 없는 연인이 그러나 처절하게 만나는 꿈. 나는 정말로 잠든 내 몸 위로 간단히 올라서고 싶었는지도 모른다. 지금 이 시간은 아주 고요한 무통의 금요일. 목련은 비몽과 사랑에 빠져 흰 빨래처럼 깨끗하게 흔들린다. 상상이 도달할 수 없는 곳, 아이들의 술래잡기가 태양을 가두지 않는 곳. 목련은 자기가 만든 흰 방으로 들어가 생의 가장 짧은 편지를 적어 내게 보여주었다; 우린 만났고 늘 혼자 하는 섹스. 먹다 버린 사탕처럼 파리떼 한가운데서 천천히 태양이 녹아간다. 물 위를 떠다니던 고요한 주름을 따라 귀면鬼面 한 장을 얼굴에 쓰고 나는 사랑하는 사람을 만나러 갔었다. 처음부터 하루는 내게 더 이상 적을 빈 여백이 없는 종이 한 장이었다. 엄마, 자주 방바닥에 주저앉고, 한 알에 천 원짜리 살구맛 약을 아끼며 삼키던 엄마. 올해는 함께 들녘의 씀바귀를 뜯으러 갈래, 올해는 창을 활짝 열고 함께 빨래들의 나풀대는 흰 발목을 바라볼래. 낡아도 부서지지 않는 4월의 빛을 앞에 두고 엄마와 나는 많은 꽃을 꺾고 농담을 주고받았다. 목련 꽃잎이 제대한 청년들처럼 손가락을 뚝뚝 꺾는다. 붉은 벽돌담에 기형의 가지들을 붙여두던 담쟁이들의 근친은 그렇게 완성되었다. 저 바람은 단음계야, 나는 주머니를 뒤집어 먼지를 털어 날렸고 거기까지가 내 반성이 필요한 곳이었다.

## 광증狂症의 목련 아래

시듦에 있어 느려져서는 안 된다, 목련은 그렇게 말하고 죽었다. 번개 치는 밤에 여자들은 이불 속에서 얼굴을 맞대고 키득거렸다. 귓전엔 이명처럼 들려오는 기이한 울음소리, 비명, 집단 성교의 교성들. 목련은 허공보다 더 많은 부레를 가지 위에 띄우고 단숨에 허공으로 뛰어오른다. 세상이 하나의 다면체에서 온 또다른 다면체라는 것을, 복제된 것이라는 것을, 내가 나를 바라보며 타인이라고 부르는 세계를, '위상우주'를 나는 믿는다. 여름날의 미친 꽃나무는 여전히 하늘을 향해 비틀린 가지를 뻗고, 이 별에서도, 그 바깥쪽에서도 참회는 여전히 신비하고 슬플 것이다. "입자의 위치와 운동량을 동시에 정확히 측정하는 것은 원리적으로 불가능하다"라고 하이젠베르크는 적었던가. 관찰하는 순간 길은 사람을 풀어놓고, 느끼는 순간 길은 사라진다. 누군가의 눈물 한 방울을 삼킨 기분이었다. 미래에 대해 생각하는 순간 나는 내 인과가 더럽혀졌다고 생각했다. 용서받을 길 없다고 생각했다. 내가 꾼 많은 꿈, 그따위 것이 정확히 측정될 리 없을 거라 믿으며 골방의 새우잠은 달고도 깊었다. 시듦에 있어 느려지지 말자, 한 그루 목련인 당신은 신부처럼 아름다운 흰옷을 입고 세상을 향해 부케를 뒤로 넘겨 날렸다. 나는 이제 잃을 것을 걱정하며 메모하지 않는다. 아주 소중한 것을 잃었고 그것이 깨끗해지지 않으리라는 걸 잘 알기 때문이다. 당신은 약한 짐승처럼 척추를 구부리고, 집중력에 모든 걸 의지하며, 희고 질기게 엉키는 새벽안개를 바라보고 있었다. 한 그루 목련인 당신이 여자로 새로 탄생할 때, 여러 개의 당신이 서로를 만질 때, 지옥까지 참회가 이어져도 이 별의 몸들은 아파하지 않을 것이다. 사라진다는 건, 여기서부터 좋은 냄새가 나는 곳까지의 거리다. 엄한 아버지를 둔 소년이 문 안으로 들어가지 못하고 대문 밖에 서서 빨개진 턱과 손을 벌벌 떨며 울고 있었다. 나는 소년의 바지를 내리고 따뜻한 성기를 만져주며 오줌을 누이고 싶었다.

# 오필리아, 기면발작嗜眠發作의 꿈

Laurie Anderson,
《Big Science》, 1982

## 구름의 오필리아

한 해가 가고 있고 또 여름이 가고 있다. 모두 여기 다시 왔다. 이 맛난 음식을 위해, 이렇게 이쑤시개 하나씩을 들고.

— 존 버거, 「존 버거의 글로 쓴 사진」 중에서

역전에 모인 한줌 웅덩이 물은 조용히 다리를 모으고 출발하는 사람들과 도착하는 사람들을 오래 바라봤다. 내 다리가 아름답고 희게 길어졌지만 떠나는 사람들과 돌아오는 사람들의 선물 바구니는 한 번도 포장이 바뀌지 않았다. 빛은 하루가 헤엄친 만큼의 비늘을 물결에게 돌려준다. 저녁은 평소보다 어둡게 나무들을 가로등 아래로 불러모으고 한껏 사치스러워졌고 웅덩이 속의 물과 함께 행복하게 죽었다. 여름의 책은 상상과 함께 시작되지는 않는 것. 아이들이 거북이다!라고 외친다. 매번 하늘은 날아오르며 새들을 떨어뜨리지만, 기억하고 싶니? 우리가 부른 노래는 언제나 도돌이표 앞에서 끝나곤 했어. 언젠가 또 어디로든 떠나는 날이야 생기겠지만 그때도 우리가 만진 밤은 충분히 얇을 것이고 가로등은 모조품처럼 엉킨 길들을 창 아래 풀어놓을 것이다.

고아Goa 해변의 물은 더럽다. 어느 날 질문은 답변을 기다리지 않으며 탁자에 앉는다. 우리는 색깔이 없는 것 두 개와 색깔은 없으나 형체는 있는 것 한 개, 실체는 있지만 형체가 없는 것 두 개를 발견했다. 그리고 형체는 있으나 실체가 없는 것을 찾아보기로 했지만 찾을 수 없었다. 고아 해변의 물은 더럽다고 당신이 말한다. 그곳의 너무 많은 신발, 물고기는 재처럼 검게 떠다니고 아침놀이 저녁놀처럼 둥둥 떠다니는 곳. 물, 공기, 물, 온기, 감각. 우리가 발견한 다섯 개 단어를 차례대로 메모지에 적고 우리는 젖지 않은 몸으로 먼지처럼 흩어졌다. 당신은 십이지신 중 쥐의 운명. 오래되어 보풀이 많은 인형을 안고 어린 당신은 죽은 물고기처럼 누워 오래도록 자라기만 했다.

변명이 많은 거리였다. 양손으로 소중히 들어올려야 구름은 하늘과 말할 수 있고, 당신은 교차로 앞에 서서 푸른 등이 붉은 등으로 바뀌는 순간만 사랑했다. 외출이 두려워 당신은 알록달록 예쁜 옷들만 갈아입었고 거울은 그걸 아무 변명 없이 지켜봤다. 겨울이 오면 물밑의 바람은 푸른 등을 켜고 아무도 아래를 지나치지 않는 나무 그늘만 흔들겠지. 그래, 가보지는 않았지만 아마 고아 해변은 정말 더러울 거야. 단추가 많고 단춧구멍은 더 많은 곳. 난 오필리아를 생각했다. 그날은 내 손바닥에 있는 여러 가지 예지들이 몇 줄의 가벼운 문장으로 흩어지던 날이었다. 난 오래 살 것이고 특별히 밝지도 특별히 어둡지도 않은 삶. 검고 밋밋한 물을 올려두고 탁자는 항상 그곳에서 표정 없이 저녁만 기다렸다. 음, 재미있는 소문이군, 그 직역들은 터무니없군, 그게 내 마지막 변명이었다. 긴 주홍 치마와 함께 오필리아는 물위를 떠간다. 아무도 그녀의 손톱을 깎아주지 않았고 생일 선물도 주지 않았다.

어두운 바닥으로 스며들어 발버둥치던 다리 많은 곤충들처럼 편지들은 절박만으로 살아남았다. 당신은 공리주의적으로 대답했지요, 오줌이 마려울 때까지 서로를 사랑하고, 다이아몬드를 가진 천상의 루시*를 사랑하며 만화경을 빙글빙글 돌릴 줄 아는 나이. 여자아이가 교복 치마에 묻은 물백묵을 공들여 지운다. 나는 실사구시의 느낌으로 대답했다. 바느질 연습은 손끝의 붉은 피를 익숙하게 흘리게 해주고, 이불 위엔 달마다 더욱 많은 붉은 동그라미들. 두꺼운 일기장엔 눌려 죽은 이름 모를 벌레 하나 정도는 간직해야 마음이 놓이는 것이다. 손님 없는 가게의 커다란 유리 안쪽으로 햇빛이 쏟아진다. 잡상인들이 바닷게처럼 옆으로 걸으며 목걸이와 팔찌를 팔던 고아 해변. 6월까지 버릇없는 애들은 엄마에게 이죽거리고, 질 걸 알지만 늘 묵찌빠에선 가위만 냈다. 산27번지까지 걸어올라가 버드나무 늘어진 가지들을 희게 밝히던 6월의 빛은 잔설처럼 겨울까지 내내 그곳에 딱딱하게 머물렀다. 처연한 것들, 정연한 것들, 그리고 여실한 것들. 서랍 속의 모든 것에게 구름은 하나하나 이름을 붙이고 봉지를 씌웠다. 폴로니우스의 딸 오필

---

* Beatles, 〈Lucy in the Sky with Diamonds〉.

리아는 가라앉지도 떠오르지도 않고 자기 자신을 사랑하는 노래만 불렀다. 잘 자라야 해, 우린 죽어서도 반성이 없는 삶이니까. 가라 앉지도 떠오르지도 않고 구름은 내 아픈 발목에 긴 족쇄를 채우고 있었다. 안녕? 손발이 묶인 채 이대로 허공을 배웅할래? 영원히 살 수 없는 세상과 영원히 죽을 수 없는 세상 사이엔 바닥없는 세 상이 있을 것이다. 내 손가락과 주머니들은 서로를 쥐며 그걸 몹시 알고 싶어했다.

# 기면발작의 꿈

큰 방에 여러 종류의 사람들로 가득해.

그들은 거의 같은 시간에 같은 빌딩에 도착했어.

그들은 모두 자유로웠지.

그들은 똑같은 질문을 자기 자신에게 던졌어:

저 커튼 뒤에 뭐가 있지?

넌 태어났어. 그러니까 자유로워.

생일 축하해.

—Laurie Anderson, 〈Born, Never Asked〉 중에서

기면증嗜眠症은 일상생활에 지장을 초래할 만큼의 병적 졸림증 (수면과다증)이다. 비극적 현실을 외면하고 잠들고 싶어하는 오필리아는 그렇게 죽음처럼 깊은 졸음 속으로 걸어들어간다. 그 잠은 해동보다는 결빙에 가깝다. 미친 꿈을 꾸며, 낯설게 자기 몸을 분해하며, 잠은 겨울 속으로 깊어진다. 그때 기면은 발작이 된다. 문득 길을 걷다가 잠들고 싶을 때, 누군가와 집중하며 대화하다가 잠이 쏟아질 때, 대낮의 이름은 언제나 밤. 난 이제 돌아오는 사람들과 떠나는 사람들에게 편지를 쓰지 않는다. 대낮이 사라졌고 성인

기를 지나 이제 내 나이는 소아기의 한때. 고아 해변에서 목 긴 스웨터는 필요 없다고 그는 말했었다. 저 멀리엔 롤러코스터처럼 서 있던 골조와 타워크레인, 난 돌아오는 사람들과 떠나는 사람들에게 편지 이외의 것을 썼다. 깊은 잠 속에서 만나던 금빛 도시들, 정령신앙을 사랑해본 적 없는 자작나무들. 나는 거울 바깥쪽을 얻고 거울 안쪽을 잃었지만 그걸 모두 반성이라고 말할 수는 없었다. 그건 칙칙한 흑백 로드무비일 뿐. 딱딱한 돌처럼, 버려진 열쇠처럼 잠은 계속된다. 그때의 내가 잃은 답은 물, 공기, 물, 온기 그리고 감각. 장소도, 상황도 모두 사라진 곳에서 나는 구름만 올려다보며 형광등 스위치를 켜고 끄기만 반복했다.

전방위 행위예술가 로리 앤더슨의 《Big Science》는 아방가르드이며 미니멀이고 일렉트로니카이며 앰비언트적이다. 이 앨범의 모든 곡은 '음악'보다는 '음향'에 가깝다. 훗날 라이브 앨범으로도 나오게 되는 'United States I-IV'라고 명명된 다수의 콘서트 중에 만들어진 곡들에 대한 일종의 스튜디오 버전이라 할 수 있다. 그녀의 공연에는 각종 퍼포먼스와 사진, 필름, 음향효과, 낭송, 조명, 손 그림자 놀이hand gesture 등이 종횡무진 어울린다. 비주얼의 비중이 큰 음악에서 비주얼이 제거된 상태의 음반은 어떤 의미일까. 이 앨범은 정확히는 퍼포먼스가 주가 되는 공연의 '음향' 부분이라고 불러야 옳다. 그럼에도 불구하고 그녀의 음악은 확실히 시각적이다. 많은 연주자의 연주를 직조하며 그녀는 '읽는다'. 그리고 악기들은 '춤춘다'.

1972년부터 데뷔 앨범이 발표되는 1982년까지 10년 동안 로리 앤더슨은 행위예술가로서 미국과 유럽에서 글쓰기, 비디오와 영화 작업, 사진 작업과 음향 작업, 오케스트라와의 협연, 장소를 가리지 않는 다수의 퍼포먼스 공연 등으로 자신의 영역을 넓혀가며 종횡무진 활약했다. 그리고 《Big Science》를 발표하고 뮤지션이란 직함을 얻는다. 1970년대 초의 뉴욕은 1920년대의 파리, 라고 그녀는 말했다. 그 말은 내게 갇힐 수 있기 때문에 광장은 골방을 이해할 수 있다, 라는 말로 들린다. 스스로 유폐되며 오래 머문 광장 속에서 음악/행위의 경계는 그다지 중요하진 않은 것이다. 가라앉거나 떠오르는 것을 염려하지 않으며 물속에 뛰어든 미친 오필리아의 노래처럼.

이 차디찬 비감성적 음악들은 기면발작과 임소공포臨所恐怖로 가득 둘러싸여 있다. 미친 오필리아는 잠든다. 텍스트들은 모두 밤에서 온 것이고, 그리고 잘 정리된 행간만의 어둠들. 넌 태어났어, 그러니까 자유로워. 생일 축하해. 누나들은 웃으면서 가출했다. 나는 바람에 중독되었고 먼지들은 내가 그늘을 하나씩 가질 때마다 더 깊은 서랍들을 만들어주었다. 넌 태어났어, 그러니까 자유로워. 생일 축하해. 바람의 방향을 숨기고 싶어서 누나들은 가출했다. 혼자 집에 남은 나는 지나간 것들과 정담情談을 나누고 오래된 우유팩처

럼 부풀어오르는 이불을 향해 엄마, 라고 불러보았다. 내일 내 손
가락들은 좀더 자라겠지만 내 서랍들은 이제 더이상 맑은 계절을
담아둘 순 없겠지. 태양이 허공의 벼랑을 보여줄 때, 나는 그곳으
로 뛰어내렸지만 아플 수 있는 방법을 몰랐다.

## 의식 밑의 농濃과 담淡

왜 그런지 모르겠지만, 나를 떠나가던 사람들은 언제나 꼭 부엌을 깨끗이 정리해놓고 떠났다. 누군가 떠난 날이면 나는 거울 속의 사람과 똑같은 옷을 입고 늘 똑같이 웃었다. 즐겁게 웃으며 나는 거울 속의 사람보다 더 즐거워지려고 노력했다. 희망에겐 공간만 존재하니까 3차원, 비관에겐 공간과 시간이 모두 존재하니까 4차원, 그러니까 모든 게 시간이 문제라고 생각했다. 기억이 없었다면 난 이 방과 저 방만 오가며 색종이처럼 정성껏 나를 여러 번 접고 여러 번 가위질했을 것이다. 꺼질 듯 한숨 쉬는 당신께, 챙 없는 모자를 쓰고 귤을 까던 당신께, 거울 안에서 늘 반대편을 저주하던 당신께. 언젠가는 붕괴하듯 태어날 수도 있으리라 생각하며 나는 배고플 때마다 인형을 만졌고 편지를 썼다.

당신은 제가백가의 대화법으로 물고기들을 바라봤다. 앞으로 나란히, 라는 구령이 왜 편리한지, 말과 다르기 때문에 왜 입이 평등한지, 1917년의 러시아를 생각하면 왜 시간보다 공간이 더 괴이하게 보이는지, 스스로는 더이상 헤엄쳐나갈 곳을 찾을 수 없을 때까지 물고기를 세고 있었다. 난 벤담의 정부소론政府小論처럼 얘기했다. 내 결별은 복도식이었고 계단식이었고 추론식이었지만, 내가 어떤 고백을 기다렸는지는 생각나지 않았다. 다만 허구라면 내 모든 걸 천천히 바닥까지 내려놓을 수도 있을 거라 생각했다. 우화는 편도 표와 같아서 가면 돌아올 수 없다는 사실을 일깨운다. 재미없는 동네에서 재미없는 동네로 택시를 타고 갔다. 목청 높이며 몇 마디 주고받았다. 나는 여행하는 사람이었을까 아니면 회상하는 사람이었을까? 나뭇가지엔 빛보다 더 빨리 떨어지던 완벽한 쇠락의 잎새들. 난 예의 바르게 손을 비볐고 당신은 싱겁게 캐러멜을 썹었다. 갑자기 내린 비는 조롱 속에 새를 가두듯 사람들을 처마밑에 가둔다. 부재중 전화는 한 통. 따뜻하진 않지만 혼자인 시간. 천진한 애들은 너무 맑고 너무 갈 곳이 없고, 공원엔 그 애들이 버린 껌딱지들뿐. 따뜻한 기차를 타고 내가 태어난 곳으로 돌아갈 땐 우리 반드시 크게 볼륨을 높이고 〈Let It Be〉를 듣자. 고아 해변으로 가는 길의 새들은 모두 검고 겨울 가뭄까지 날기 위해 많은 깃털을 허비해야 했다. 그건 우화가 될 수는 없었지만 농담은 될 수 있었다.

## 임소공포로 만들어진 집

거울로 자기만 비추는 일이 즐거웠던 시절에 나는 라푼젤에게 편지를 쓴다. 안녕? 머리칼의 길이는 이제 탑 아래쪽까지 닿을 수 있게 되었니? 낡은 기계는 예민한 구석이 많아, 이제 가로등은 낡은 톱니바퀴로만 빛을 어둠 속에서 길어올린다. 언제나 마지막 반성엔 거꾸로 매달린 박쥐처럼 여름꽃들이 매달려 있었다. 감자 몇 알을 절박하게 부탁하던 마르크스발發 엥겔스착着 편지글을 읽다가 이 여름이 어려운 것은 온통 시끄럽게 골목을 메우는 바람들 탓이라고 생각했다. 내가 잠들면 이 세상은 표정에 가까운 모습일까 기분에 가까운 모습일까? 바람을 앞에 두고 저녁은 물레처럼 여러 빛깔의 먼지를 뽑는다. 씨앗을 싹 틔우기 전엔 내 고백들을 탓하지 말자. 난 버려졌고 노래 불렀고 허공만 빨간 눈을 더 빨갛게 비볐다. 자위하는 방법을 스스로 터득하고 나 자신에게 열광하던 밤, 엄마는 외할머니의 폐를 찍은 완전히 시커먼 엑스레이 사진 때문에 밥맛이 영 없었다. 잠든 자기 자신의 뼈를 밤새워 덜걱덜걱 맞추는 높은 탑에 갇힌 여자의 노래를 듣는다. 나는 탈기脫氣한 채 열광하며 물위에 뜬 부표처럼 노랗고 동그랗게 잠들었다. 이건 뼈의 소리일까? 그건 말이지, 아직 빈집이 되어보지 못한 네 몸이 하나씩 기둥을 허무는 소리. 그건 기계들보다 더 나 자신을 낙관하고, 더이상 빈곤해지지 않는 꿈. 이 방은 멈춘 시계들만 있고, 속임수가 많은 바람만 있고, 리리시즘과 모험이 없어서 좋았다. 계단에 환호하는 인간은 많았지만 지루함 없이는 단 한 번도 박수쳐줄 수 없었다. 나는 내 믿음이 틀리지 않기를 바라며 조용히 쌓여가는 먼지들을, 먼지의 황혼을 지켜봤다. 물질의 세계에서는 부서지는 것만이 선택의 권리가 있다고 믿었다.

# 먼지들의 황혼

천왕성의 위성 오필리아는 0.83일 동안 1년 모두를 산다. 너무 짧은 1년, 너무나도 긴 1년. 이곳에서 사람들이 가진 달력은 모두 달랐다. 대나무와 사슴과 학은 오래 살고, 사람과 그늘과 고양이들은 오래 살지 못했다. 물고기들이 구름 속으로 조용히 날아오르는 순간, 우는 사람 앞에서 아무도 울지 않은 날, 당신은 무덤처럼 엎드려 가장 짧은 1년의 가장 긴 하루를 생각했다. 구름이 이름을 물어볼 때 아이들은 물고기처럼 입만 뻐끔거렸다. 내가 아직 솜털로 옥상까지 날아오를 수 있었을 때, 구름의 어떤 모양도 사랑하지 못했을 때, 인문과학은 내게 질병만 남겨주었다. 달력은 달력 스스로 쓴 답장이었고 끝과 시작이 없는 짧은 편지 한 통이었다. 마법이 아름다운 건 저주가 너무 맑았기 때문. 당신의 이름이 생생한 건 당신이 땋은 머리를 붙잡고 높은 첨탑에서 아직 내려오지 않았기 때문. 나는 짙어지는 구름 아래를 여러 번 맴돌았다. 호위병을 데리고 무도회장으로 가자, 당신은 서늘한 환호를 하나 가득 품에 안고 물위를 떠가고, 당신의 손목시계는 늘 한 계절만 향해 초침이 움직였다. 집 떠났던 누나들은 집으로 돌아왔지만 일기는 쓰지 않았다. 새들과 함께 밤새 똑똑 부리를 부딪치며 첨탑의 맨 아래쪽

방까지 내려갈 수 있다면 얼마나 좋을까? 나를 까마귀처럼 취급해 줄 밤이 있다면 얼마나 좋을까? 때 묻은 박래품舶來品같은 태양만 뒤를 따를 때까지 당신은 고아 해변에서 멈추지 않고 달리기 연습만 했다. 어두운 집과 그 집의 시력이 나쁜 여자는 태양을 만질 수는 있었지만 태양을 바라볼 수는 없었다. 당신과 깍지 낀 손이 생각나는 저녁. 저렇게 맛없는 밥을, 저렇게 맛없게 먹는 사람들도 다 있구나. 넓은 창 안쪽에 앉아 나는 예쁘게 웃으며 많은 음식을 남기는 사람들을 바라봤다.

# 간화선看話禪의 반대편—시詩에 관한 것들

Hölderlin,
《Hölderlins Traum》, 1972

## 뱀을 파는 노점상

나는 박물관을 사랑했지만 이제 도서관을 더 많이 사랑하게 되었고, '일일흙체험교실'에서 손에 붉은 흙을 묻히고 구불텅한 테두리의 질그릇을 들고 나오는 애들을 사랑했지만 이제 소아과 병원에서 악쓰며 업혀 나오는 애들을 더 많이 사랑하게 되었다. 가끔 말을 얻은 적도 말을 잃은 적도 있었지만 그걸 후회한 적도 두둔한 적도 없었다. 난 그때 기타를 치고 있었고 도돌이표가 없는 긴 음악을 연주하고 있었다. 손끝과 현이 만들어내는 체온은 문자보다는 좀더 가벼운 포기, 가벼운 반성이 필요한 것이었는지도 모른다. 서쪽의 끝을 향해 아침나절부터 줄곧 먼지뿐인 비포장도로를 달렸다. 아이들은 실톱으로 나무를 잘랐고 나는 못을 쳤다. 새의 집엔 창이 필요 없다. 허공의 모든 지도를 다 알고 있으니까. 숲속의 아이들은 비밀과 발각의 사이, 그 차이와 연관성에 대해 골몰하고 있었다. 멋진 일이 있었을까? 혹은 지금부터 멋진 일이 생길까? 너희들은 너희들끼리만 교직交織하고 나는 이제 새는 없고 그의 집만 가득한 숲의 허공에 영원히 갇혀도 그만이라고 생각했다.

우회 도로엔 좁은 입구의 저녁놀만 가득했다. 아직도 저런 걸

파는 사람이 있구나, 라고 생각하며 뱀을 파는 노점상을 지나칠 때 망태기 속의 뱀들은 매듭처럼 촘촘히 엉켜 까만 눈으로 나를 바라봤다. 뱀은 새를 먹고 새는 그때부터 어둠 속을 날아가는 법을 배운다. 뱀의 눈은 깊고, 나는 그들의 눈에 중독되는 것이 전혀 불편하지 않았다. 나무 방책 위에서 먼지들은 겨울잠을 자듯 오후의 전부를 꼼짝 않고 꿈으로만 지켜냈다.

　뱀이 허공을 알 수도 없고 새가 바닥을 기어본 적도 없으니까, 그건 공정한 일. 애들은 새집을 만들어 달고 김밥 속의 햄과 달걀만 빼먹었다. 음악은 글과는 다른 것이니까, 그것 또한 공정한 일. 은빛 칼날을 사랑하는 푸줏간 사내처럼 하루는 밤과 낮을 부위별로 솜씨 좋게 갈라낸다. 내게 구름은 헤어지기에는 너무 모서리가 많았고 만나기에는 너무 뒤편이 많은 골목이었다. 묘지를 뛰어다니며 우리가 아무 비석이나 붙들고 음각 글자를 즐겁게 읽으면 태양은 맑고 눈부신 땀으로 화답해주었다. 음악은 하지 않고 음악에 대한 생각만 하는 사람, 음악에 대한 생각은 하지 않고 음악만 하는 사람. 나는 둘 다 나쁘다고 생각했고 전자보다 후자가 좀더 나쁘다고 생각했다. 그때 난 장미 넝쿨 집에서 살았다. 장미들과 나란히 앉아 사이좋게 가시를 세어줄 수 있을 때까지만 그 집에서 살았다. 수많은 노브nob와 단추만 가진 악기들과 현만 가진 악기들, 치아처럼 희게 반짝이던 건반들, 그들은 비유와 묵언에 익숙했고 뱀처럼 까만 눈으로 나를 노려만 봤다. 새를 삼키는 뱀의 심정으로 나는 현을 이해하고 싶었다. 모든 걸 말하려면 좀더 문병을 자주 가야 하고 아주 조금만 말하려면 좀더 병실의 화병에 자주 꽃을 꽂아야만 하는 법. 새를 삼킨 뱀에게 혹은 뱀을 삼킨 새에게 추도일은 없지만, 영가천도를 해줄 수는 있을 것 같았다. 안녕히, 후생後生에서는 물 한 컵과 수저 한 벌로 태어나거라. 익초와 독초가 함께 자라는 계곡으로 가서 즐겁게 유목 생활을 한 건 나도, 내가 사랑한 것들도 아니었다. 난 내 글을 사랑했지만 내 글은 나를 사랑하지 않았고, 후자보다 전자가 좀더 나쁘다고 생각했다.

## 공배空排들

잘 만들어진 음악의 다수는 듣는 이와 만드는 이 사이의 왜곡을 매개로 한다. 자연음은 '음향'은 될 수 있어도 '음악'은 될 수 없다. 연주자와 청자 사이에 규약된 질서가 필요하다는 뜻이다. 산야에서 불어오는 바람 소리 한줌은 '좋은 음악'이 될 수 있는 반면, 음반에 담긴 바람 소리만으로는 '음악'이 될 수 없는 것과 비슷한 이치다. 왜곡이라는 굴절을 통해 질서를 만들어내는 것은 글쓰기에서도 비슷하다. 보르헤스의 「알레프」처럼 모든 시간, 모든 공간, 모든 사건을 한꺼번에 보여줄 수 있는 설득 매체는 세상에 존재하지 않는다. 나는 투명함이 문학의 미덕이라고 생각해본 적이 없다. 정교하게 세공된 왜곡을 나는 그의 미덕이라고 생각한다. 복수 교차되는 여러 기준 가치는 세상을 아주 해독하기 어려운 실뭉치로 만들어버리곤 하지만, 해독 불가 문제지의 답변 항목에 가장 좋은 해답을 써넣을 수 있는 수험자는 해독 불가 그 자체를 답변으로 받아들이는 자, 문제를 다시 문제화하는 자뿐인 것이다.

옥타비오 파스는 "시를 번역하는 일은 불가능하다. 진정한 번역은 재창조에 다름 아니다"라고 말했고 폴 발레리는 "번역시를 읽는 것은 베일을 쓴 여자와 키스하는 것과 같다"라고 말했다. 어느 쪽이 옳다고 단정할 수는 없지만, 내겐 베일을 쓴 여자와 키스하는 쪽이 재창조된 여자와 얘기 나누는 것보다는 즐거울 것이라는 느낌이다. 나는 관계를 사랑하기보다 오독을 사랑한 사람이길 바라며 늘 일인칭에 머물러 있었다. 정향성定向性은 시가 될 수 없다고 생각했고 그 반대도 마찬가지라고 생각했다. 바라보았으나 여태 아무것도 바라보지 않았던 것이었고, 많은 도서관을 알고 있었으나 단 하나의 도서관도 알지 못했고, 소진의 방식이 늘 포기의 방식과 다르지 않았다. 오늘은 나 자신을 배웅하고 주변을 모두 잃은 날. 나는 주저하며 내 이름으로 타인의 이름을 불렀다. 내가 사랑한 오독들, 누구의 것도 아닌 공배들, 그들에게 용서와 상처는 같은 말이었다.

## 허무의 방식


"빈 공간은 물체들에 의해 이리저리 흔들리고, 흔들리는 공간은 다시 물체를 흔든다"라고 플라톤은 말했다. 또 "우리의 감각에 물질이라는 인상을 주는 것은 실제로, 비교적 작은 공간에 에너지가 엄청나게 축적된 것일 뿐이다"라고 아인슈타인은 말했다. 과학의 세계에서, 물리학의 세계에서 우리가 알고 있는 감각은 경험적 통찰과는 전혀 다른 방향으로 흐른다. 세계는 비틀린 시공간으로 이루어져 있고, 명징은 단지 확률 속에서만 가능하며, 아직 우리는 스스로에 대한 생성과 소멸의 지도조차도 가져보지 못했다. 곁을 지나던 몇몇 어린 여자애들이 무의식적으로 길바닥에 침을 뱉는다. 그 물컹한 액체를 가만히 밟아본다. 아주 이상하고 좋은 느낌, 이라고 생각했다. 그때 내겐 묘사가 필요하지 않았고 가로수들은 비아냥대며 거리에서 비유를 익히고 있었다. 스물 초반 어느 날 잘 곳이 없어 허랑한 도시를 기웃거릴 때, 여관비조차 없어 독서실에서 하룻밤 자기 위해 들어가 가짜 주소와 가짜 전화번호를 쓸 때, 그리고 독서실 총무 녀석이 경찰에 신고를 하고, 경찰이 내 가방을 시멘트 바닥에 죄다 쏟아 꺼내놓을 때, 더러운 러닝셔츠와 속옷, 일기장뿐인 그 짐들이 차가운 바닥에 쏟아져내릴 때, 새벽이 될 때

까지 그 허랑한 도시의 공사판이 문 열기만을 기다리며 정처 없이
길 위를 떠돌 때, 그때 내게는 배웅이라는 말뿐, 초대라는 말은 없
었다. 그저 확률로만 슬펐고, 비율로만 생을 살았고, 농담 이외의
말은 쓸모없는 것이었다.

그늘 밑에 집을 지으러 가자, 그날 아침 내 기타들은 울음으로
만 부풀며 투명해지기 시작했다. 학교에서 준 구충제를 먹고 눈 아
이들의 똥 속에서 회충들이 실 보풀처럼 와글거리며 몰려나왔다.
이젠 그늘 밑에 지은 집을 지우러 가자, 내 기타는 낟가리처럼 통
통 살이 오르는 꿈을 꿀 것이고 가끔씩 내 손을 잡고 너는 가장 질
좋은 울음을 보여주겠지. 음악은 무형無形 속의 유형有形, 미술은 유
형 속의 무형, 문학은 유형 속의 유형. 그렇게 말했지만 내겐 아무
런 확신도 없었다. 그해에 읽은 어떤 잡지에는 "천겁을 지나도 항
상 오늘"이라는 어떤 승려의 법문이 실려 있었고, 우복자 3만 원
보시, 쬐그맣게 구석에 나오기도 했다. 간화선과 반대되는 말이 묵
조선默照禪이라는 것을 그날 처음 알았다. 말해도, 말하지 않아도
집을 짓고 부수는 데는 아무 상관없는 일이었다. 바람이 꽃 가꾸는
소녀처럼 무릎을 예쁘게 모으고 화단 앞에 앉는다. 풀줄기가 흔들
리고 서로에 대해 맛본 것은 결국 낭패뿐이었다. 명년 봄에 여자는
연을 만나고 지금 연은 좋은 벗으로 남을 거라고, 용하다는 그 무
당은 말했지만 하나는 맞았고 하나는 틀렸다. 그 여자는 연을 만났
고 나는 친구가 되지 못했다. 그들에겐 오늘도 있었고 내일도 있었

지만 난 오늘밖에 가진 것이 없었다. 오후 6시 가까이, 바람을 생
각하면, 나는 이제 포기하면서도 쓸 수 있었고 그걸 허락할 수도,
용서하지 않을 수도 있는 나이였다. 혹은 계단을 생각하면서도 빈
주머니를 뒤집어 날릴 수 있었고 그걸 하루종일 반복할 수도 있는
나이였다. 오후 6시 가까이, 바람을 생각하면서, 운동회라는 느낌
으로 기타를 쳤다.

# 토란향

Harmonia & Brian Eno,
《Tracks & Traces》, 1976

## 소래기 잔술

강원도 황둔 납짝집, 그 집에서 두부를 지져 먹습니다. 산초맛은 쓰겁고 우리는 낮게 엎드린 지붕 밑 햇밤 자루에 기대어 술을 먹습니다. 산초 기름 투명한 유점油點이 불판을 따라 어지럽게 돌고, 방엔 개다리 소반이 두 상. 여주인과 과년한 딸이 한소끔 끓인 국그릇 얹어주고 돌아가면 산을 깎던 시멘트 공장 인부들도 안쪽에서 들리는 TV 소리에 무탈히 귀기울였을 것입니다. 그 밤엔 느린 강을 따라 머리 조아리는 억새의 목울대가 유달리 희고 맑았는데, 그 집 천장은 아무래도 공연히 헛배가 부른 모양이기도 하고, 난산한 어미 곁에 누인 아기의 강보인 듯도 보입니다. 두어 순배 돌고, 종일 시리던 발이 아랫목에서야 비로소 붉게 부어오르면 그 집 주저앉은 지붕처럼 우리는 구들장에 낮게 엎드리고 싶었던 것입니다. 삽 한 자루 덥석 꽂혀 논배미 한 쪽이 달을 따라 이울고, 몸 한쪽 어그적 무너뜨리며 살아가듯 이 집도 그렇게 억척스러워지고, 산통이 무겁고 뜨거워 우리는 진작 그 산란産那에 달큰하게 취해 있었습니다. 들창 곁으로 촘촘하고 뒤채는 바람은 부는데, 그 집 천장은 바닥에 점점 가까워지고, 마당 앞 쇤 남새밭 처진 잎사귀가 추운 날의 시동侍童들처럼 서로 언 귀를 만져주는 밤이었습니다.

어부사시사漁父四時詞 윤선도의 물가 곁에서 버들 옹이는 작년 대우大雨에 꺾인 딱딱한 탄식 곁을 저녁답마다 배회합니다. 해월亥月 묘시卯時에 강상降霜하고, 산과 집과 두엄과 삭은 가지, 아이들의 콩서리와 잠든 슬픈 호구戶口들, 가깝게 모여 있던 그것들이 지국총 지국총 원을 그리며 동심원 밖으로 멀어집니다. 찰박대며 깊어지는 소래기 잔술에 객客은 잔다란 상념을 떠올립니다. 이어라 이어라, 손끝을 뒤채던 물그늘에 저녁연기가 편경編磬처럼 맑게 울립니다. 봉충다리 그림자 밑을 괴는 얇은 물색, 발이 성긴 꽃색이 너무 눈부셔 객은 잠시 죽은 벗을 생각했습니다.

## 초하初夏

안부 전합니다. 뒤안길에서 씁니다. 간자間者에 베틀 치는 소리가 들리기에 문득 하일夏日의 옷감 짜기가 시작되었나 여겼습니다. 화조월석花朝月夕 바라면서 날은 태안하고도 미천한 기연奇緣이 되어갑니다. 환幻으로 들었다가 현顯으로, 놓여지는 돌 하나마다 자기 아래 묶였던 그늘을 세상 밖으로 보냅니다. 맏누이가 세안한 물을 마당 붓꽃무더기에 떨구어 붓습니다. 종시 내게는 이해할 수 없는 일을 미구未久에 깨닫습니다. 일상을 믿는 자에겐 일상도 죄가 되고, 병집을 가진 자에겐 노래도 상처가 되는 것을. 꽃의 기다림은 높고 바람의 걸음은 깊습니다. 여름의 시속時俗이 세탐世貪에 비로소 만개합니다. 당신이 편답遍踏을 결심했다는 말에 기뻤습니다. 한 실낱이 자라 물결이 되고 굴뚝이 되고 부엌이 되고 낱낱이 동분리同分利하여 여러 결들이 되어갑니다. 쇠한 태양 아래 조는 늙은 떡느릅의 난만爛漫이 기다려집니다. 인因과 과果 사이, 시간時間과 시령時令 사이, 마음 기울이는 일로만 저는 낙조를 바라봅니다. 낙조落照이거나 낙조落潮, 모두가 바람에게 어울리는 이름입니다. 일전에 단 한 줄기 가지만 가진 수묵화 속의 꽃줄기를, 어느 날 문득 꺾어 가져야겠다고 생각했습니다. 기약 없이 문 열리는 소리에 문도聞道가 왔는가, 내다보니 모진

꿈이 다녀간 후였습니다. 처심處心은 여름을 지나, 목마른 것들과의
약속을 지나, 천지와 귀신이 함께 굽어보는 축담築畓의 오수汚水에게
로 답장을 씁니다. 챙챙 울리는 바라 소리는 이미 산을 절반쯤 오르
고 저는 신紳에게 머리채를 잡히기 전이었습니다. 무우無憂한 마음으
로 머리 숙여 적습니다.

## 푸른 경단

물에 담가놓은 토란은 조금씩 독을 게워냅니다. 혼자의 골방에서 내가 내 독을 흘려보낼 때, 그 떫은 물은 오직 나를 먹이기 위한 한 알 경단이었습니다. 노인에게서 아이에게로 고요히 흘러 사설解說 한 구절이 건너옵니다. 사단四端이 인간을 아프게 했고 칠정七情이 인간을 나쁘게 했다고 믿었습니다. 시선마다 우두커니 멈춰 서던 구름은 성정性情이 없어 아름다웠습니다. 개의 대추색 눈알이 해토머리 무렵의 흙빛처럼 눅눅하고 축축한 날입니다. "저문 봄에 홑옷을 다 지으면, 어른 대여섯과 아이 예닐곱과 더불어 기沂에서 목욕하고 무우無雩에서 바람 쐬며 노래하다가 돌아오겠다"*라고 증점은 말했습니다. 봉별逢別은 이렇듯 스스로 그 뜻을 이루고 스스로 그 뜻을 지웁니다. 토란은 자기의 색을 비워내면서 연緣이 없는 색이 되어갑니다. 머리에 넓은 잎을 얹고 나를 일으켜세우고 싶었고, 그 넓은 잎 아래 모든 그늘을 낳는 한 마리 자충仔蟲이 되고도 싶었습니다.

---

* 『논어』, 선진 25장.

## 설향雪香

올년엔 섣달 초여드레에 강설降雪하였기에, 저는 털 많은 편물編物을 두르고 짐승 일가가 먼저 찍어두고 간 촘촘한 족적들을 지우고 있었습니다. 이맘때 집채의 안팎은 문 여닫는 횟수만큼 뿌리가 길어가는 차가운 식생으로 가득합니다. 고구마를 쪄 먹으며 가족들이 주렁주렁 덩굴뿌리로 얽히던 근자近者입니다. 서설의 아침이면 박에 물 담기는 소리, 갓김치 한 포기 올려둔 조반 앞에서 식솔들이 추운 무릎을 모으는 소리, 모두가 호접몽胡蝶夢 속을 기웃대며 서로 다른 꿈들을 꾸었습니다. 꺾일 듯 위태한 솔가지 위, 흰배추나비 분가루에 눈부셨습니다.

# 대살代殺, 큐비즘의 날들

Exuma,
《Exuma》, 1970

## 뱀의 날

   그 섬은 내가 두 살부터 열두 살까지 10년을 살았던 곳이다. 고향이라 부를 수 있는 곳이다. 집 뒤의 듬성한 돌담과 무섭게 솟아오른 무화과들, 가로수처럼 이곳저곳 심겨 열매가 익을 때면 늘 따먹곤 하던 잣, 민달팽이와 지렁이를 잡으며 놀았다. 옆집의 화교 부부가 주곤 하던 납작하고 꽃처럼 생긴 밀가루떡, 죽은 나무에 붙어 자라던 흉측한 목이버섯과 바람들, 쫓겨 내려오곤 했던 앞집의 옥상, 늘 나를 노려보기만 하던 꼽추 이모, 따뜻하게 내 손을 넣도록 허락한 잔모래들, 유년의 10년이 내게 남겨준 풍경들이다.

   할머니가 섬긴 것은 뱀이었다. 할머니의 어머니도, 그의 어머니도 뱀의 모습을 한 '할망'을 섬겼다. 규방이나 처마, 마루 밑을 기는 뱀은 쫓지도, 죽이지도 않는 것이 관례였다. 할머니는 부군신령께 쌀과 정수를 올리고 기도를 올린다. 뱀신은 세습적으로 여계女系로 전해지는 것으로 처녀가 다른 마을로 시집을 갈 때 반드시 모시고 가야 한다. 어느 날 할머니가 개종을 했을 때, 할아버지는 할머니에게 호미를 내던지고, 머리에 피를 흘리며 할머니는 주기도문을 외웠다.

섬은 아름다웠지만 보호받지 못했다. 밭 한구석에 조용히 자리 잡은 무덤 중 많은 것이 아이들의 것이었다. 함께 제사지내고 함께 식은 빙떡을 먹었다. 늑막염에 걸린 할아버지는 병원 병실에 누워 드물게 살아남은 청년이 되었고, 중산간 소개疏開와 함께 불타는 마을을 남겨두고 할머니와 아버지는 달구지에 세간을 싣고 조수에 서 고산까지 힘겨운 길을 걸었다. 치렁치렁 드리운 치맛자락처럼 부는 바람, 쫓아내도 머리를 조아리며 달구지에 매달리는 사람들, 그리고 가족 중 행방이 확인되지 않은 경우 남은 가족들을 죽인다 는 대살. 낮은 산으로 가자, 찾는 자는 숨기는 자에게 무엄했고, 숨 은 자는 숨긴 자에게 무엄했다. 그 섬 봄 바다의 물결은 저물지 않 는다, 단지 피 흘릴 뿐. 기억은 정서적이어도 정서적이지 않아도 상관없었고, 되새겨도 되새기지 않아도 그 부피는 늘 변함없었다.

주술의 밤이다. 주술은 자연의 것이고, 어머니의 것이고, 언어 이전의 언술이다. 무엇을 대신해 죽는 것이 아니라 무엇을 대신해 죽이는 것이 가능한 시절. 내가 사자死者의 책보다 생자生者의 책에 흥미를 가질 때, 환생은 바탕이 없는 밑그림이었고, 그 그림 앞에 서 다 자란 듯 고개를 끄덕일 줄도 알게 된다. 주술은 기체의 말이 고, 비탄을 위한 식사이고, 나무들은 한없이 맑아지는 인과들이 되 어 허공을 부유했다. 어떤 문장도 대역하기 위해 존재한다고 생각 해본 적은 없다. 내가 이해한 건 다만 시체공시소 같은 날들과 그

근계뿐. 절박하게 도망치다 만난 막다른 바다 앞에서 사람들이 죽었고, 지금은 희게 내려앉는 꽃가루처럼 밀려오는 바닷물 앞에서 신혼부부들이 기념사진을 찍는다. 꽃과 바다와 연인이 있는 아름다운 사진이 되겠지, 비극과 희극 모두를 몰라도 그때 들어갔던 유채밭의 입장료는 기억하겠지. 섬을 둘러싼 물결은 이삭 사이로 몰려드는 보리꽃처럼 검은 돌들을 희게 감싼다. 주술의 밤이다. 뱀에게 고백하던 밤이다. 이렇게까지 고백이 용서와 무관하다는 것은 뭔가 특별한 밤이 한번쯤 이곳을 눈여겨봤다는 얘기겠지. 예감만 믿으며 책상을 깨끗이 정리하는 날이다. 똑같은 물음을 네가 나에게 했다면, 나는 열매가 많은 가지 하나를 꺾고 손재주가 많은 네 손을 때렸을 것이다. 난 닭의 해에 태어났으니까, 외출도 구설수도 없었으니까, 울고 싶으면 마음껏 울 수도 있었다. 멀리서 들리는 엄마들의 목소리는 산 아이들을 불러세웠지만 죽은 아이들의 영혼까지 불러세우지는 못했다. 예감만 믿으며 무덤은 조금씩 밭과 두둑의 경계를 허문다. 깊이는 완성됐지만 넓이는 아직 완성되지 않는 잎사귀 아래서 나는 내재율 없는 그늘의 행간을 읽었다. 답에서 가까운 거리라고 생각하며 나는 내게로 보낼 명징한 질문들을 만들었다.

## 비탄의 큐비즘

7일째의 낮에 신이 거기 있을 것이다.

7일째의 밤에 사탄이 거기 있을 것이다.

—Exuma, 〈Dambala〉 중에서

서인도제도 바하마에서 출생한 엑수머는 부두Voodoo교 사제이자 음악가, 화가이자 현실비판 의식을 가진 지식인이었다. 시적인 가사와 주술적인 음악, 물질만능주의에 대한 비판과 부두교에 대한 올바른 인식을 전파하는 데 힘썼다. 부두교에서 남녀 사제는 노래, 북치기, 춤, 기도, 음식 준비, 동물의 희생 제사를 포함한 의식 전반을 집전한다. 황홀경에 몰입하면 신도의 몸 안에 신은 육화肉化로 나타난다. 지혜롭고 자애로운 정령들과 거칠고 무자비한 정령들 모두가 그들의 신이다. 좀비Zombi는 죽은 사람의 떠도는 영혼, 혹은 무덤에서 부활하여 의지력 없는 기계처럼 들판에서 농사일을 하는 데 이용되는 시체라고 부두교에서는 간주한다. 좀비 영화를 많이 본 우리들로서는 뭔가 이 종교가 음산한 밀교에 다름없다는 편견에 사로잡힌다. 서양에서 사탄으로 간주되곤 하는 뱀에 대해 우리가 뜬금없이 기분 나빠하는 것처럼. 절대선도 절대악도 없는 세계에서 사제는 선신善神과 악신惡神 모두에게 의지한다. 수많은 벨bell과 수많은 타악기를 울리며, 신과 인간, 기쁨과 비탄, 자연과 동물의 합일을 꿈꾸며.

　죽은 자를 살리는 밤이다. 설산의 후박나무 숲 앞에서 작은아버지들은 주머니 많은 웃옷을 입고 땀 흘리고 있었다. 하늘 뒤편엔 듣고 본 것은 모조리 적던 전생 없는 구름들. 하나뿐인 고향과 너무 많은 회귀를 가져서 인간은 슬프다. 엑수머는 벌레가 우글거리는 집의 매트리스 위에서 자신의 그림과 자신의 음반들에 둘러싸인 채 죽었다. 비약도 유희도 없는 책은 이제 버려지겠지만 나무들은 붓끝처럼 머리를 뾰죽하게 모으고 서서 서쪽 하늘에 붉은 벽화를 그린다. 근면이 몸에 밴 부모님들 덕분에 새벽 3시에 터미널에 도착해 첫차를 기다렸다. 곁엔 누워 자는 노숙자와 싸우는 부랑자들, 그리고 큰 소리로 호객하던 합승 택시 운전자들, 더러워 더러워 신음하며 토하지만, 정작 더러운 건 당신의 입에서 나온 것들뿐. 발원하며 내력來歷은 노래로 흐른다. 이제 나에겐 가장 많이 꿈꾸는 시간이 필요하고 가장 잘 닫힌 여름이 필요하다. 그것이 회색이든 검은색이든, 색들이 많아지면 이제 곧 계절은 기댈 곳이 없어진다. 나뭇잎이 사라지기 전에, 아이들의 비웃음이 한 단계씩 비천해지기 전에, 허랑하고 무탈한 여름날은 단죄의 이해방식으로만 내게 물질을 강요했다. 하여 악의惡意는 내가 너무 사랑하던 책의 겉장이어도 좋았고, 허약한 살 껍질 위의 화인火印이어도 좋았다.

그 섬에서 행복했던 일은 그뿐. 그저 알록달록한 색깔의 알약 속에서 환희와 전율들이 빨갛고 또 노랗게 떠올랐다. 원시와 주술은 그렇게 만난다. 큐비스트들은 시각적 경험에서 진리를 추구하고, 시각적 현실이 아니라 개념적 현실을 묘사한다. 눈은 상징적인 것을 배제하고 원초적 세계에 닿지만, 몸은 상상의 세계에 담긴다. 불타 없어진 집 곁에 새왓*을 엮어 지붕을 얹고 가족들은 고등엇국을 먹는다. '姦(간)'의 모양으로 거미줄이 한 줄 한 줄 걸리던 저녁, 저녁이면 손천당옆 아름드리 느티나무로부터 세상의 모든 새 울음이 들려온다. 마을 입구엔 과부 백럼이네 엄마가 살았고 연자방아 곁에선 계모의 어린 딸이 하루종일 꼬챙이로 보리쌀겨를 파먹었다. 세모로 말린 새왓 속에는 어미를 뜯어먹으며 자라던 거미새끼들. 그리고 집 뒷길로는 저벅거리는 군화 소리들. 붉은 몸과 긴 다리로 밤이 온다. 끝이 없는 긴 노래처럼 밤은 들숨과 날숨으로 한 번은 떠오르며 잡았던 것을 놓았고 한 번은 가라앉으며 놓았던 것을 잡았다. 중산간 마을에서 아이들은 돌담 위로 올라가 멀리 들려오는 트럭 소리에 손 흔든다. 시렁의 구렁이는 콩 다듬는 가족들 곁을 조용히 돌아나갔고 시시각각 반짝이는 그 움직임은 어느 하나 놓치기 아까웠다. 그건 배를 끌며 대지를 걸어간 신神의 길이었다.

---

* 띠나 억새 따위를 통틀어 이르는 제주 방언.

## 붉은 입방체의 범신론

　수목숭배는 우주라는 성목聖木에서 연유한다. 기대기에 적당한 등 넓은 우상이다. 어떤 날은 이른 새벽 옆집의 고래고래 싸우는 소리에 깨어 너무도 무탈하구나, 라고 중얼대기도 하고, 벗겨진 피부 위에 소염제를 바르기도 하며, 하지만 생은 투호를 던지듯 통속에 들어가도 좋고 안 들어가도 그만. 골목 밖의 개들은 수줍음이 많았고 여름날은 눈부셨고 주머니 속의 동전들은 제각각 소리만으로 무게를 재고 있었다. 쓰인 것들은 절대 믿지 않겠다고 결심했지만 그날 적은 메모만큼도 불신은 무거워지지 않았다. 저녁이 부르던 범신의 노래를 들으러 우리는 여기까지 왔다. 말없이 저녁놀에 손을 담그고 소사나무가 더위에 누렇게 잎을 떨구던 각별한 여름. 그날의 내가 그날의 나를 훼손하는 꿈을 꾼다. 별과 별의 시간과 그 길이까지 모두 적힌 은하편람銀河便覽 한 권을 가지는 것이 소원이었다.

　주술은 허공을 오르는 무정형의 사다리를 만든다. 버려졌을 때의 기분이 어떤 것인지 잘 알기 때문에 나는 내 안의 어떤 것도 받아 적지 않으려 노력했다. 진심으로 혹은 단정적으로, 섬과 그 섬의 4월을 생각한다. 노대바람 속에서 자귀나무는 분홍 실타래 한 토리 모두를 하늘로 풀어헤친다. 쓰레받기에 담기 좋게 아주 잘 부서진 저녁이다. 노인이 물었다, 뱀을 만나 다리를 물리면 등에 업혀 강을 건너겠냐고. 내가 답했다, 순례중인 나무들은 피마저 길이니 무거운 짐이 필요 없다고. 혈액 주머니처럼 저녁이 붉게 차오른다. 바닥 어딘가에 더 깊은 바닥이 반드시 있다는 확신으로 오후가 물밑으로 가라앉는다. 누나가 따뜻한 정화조에게 빛나는 부케를 던지고, 패전투수가 공의 봉합선을 엄지와 검지에 정성껏 감던 마지막 2이닝의 심정으로, 나는 악몽을 꾸고 자전거 페달을 빙글빙글 뒤로 돌렸을 뿐이다. 맑은 냉冷을 쏟으며 별자리마다 안개가 떠다녔다. '다른 무엇보다 저를 아껴주는 부모님 덕'이라고 문어체로 말하는 어른스러운 아이들은 분홍빛 막대풍선을 흔들어도 사랑스러워지지 않았다. 오전에 피는 꽃들은 평생 나를 좋아하지 못할 것이라고 나는 예감했다.

소아병동 애들이 동화 구연을 들으며 여간호사의 붉은 혀를 지켜봤다. 보모에게 안기는 꿈을 꾸며 애들이 뱀처럼 빨간 입들을 벌렸다. 병상 옆엔 화장품이 늘어가던 고모의 행복한 투병. 빨간 구두의 계절이었고 새 치마를 꺼내 입던 섬의 나무들은 이제 겨우 사춘기. 춤추는 빨간 구두의 발목을 자를 때 애들이 가슴을 졸이고 자기 발목을 붙잡았다. 4월은 붉게 부은 발목으로 실핏줄처럼 흩어지며 춤춘다. 발목과 춤을 모두 잃은 비탄의 날이다. 단 사탕을 입안에 굴리며 아이들은 겨울눈뿐인 이상한 바닥의 연민을 지켜보았다. 주유소 둥근 지붕과 옥상의 물탱크가 빛날 때, 나는 미지근한 알을 등에 얹고 동통을 앓았고 어떻게 집으로 돌아갈 것인지 고민하지 않았다.

찰나는 생성하는 것과 소멸하는 것 사이를 영속하는 시간이다. 태양이 붉은 흙탕물로 일렁이는 저녁의 허공을 따라, 깊숙이 숨어 있는 고산족 마을의 불빛을 따라, 비밀이 없는 지도 한 장에 의지한 채 나를 떠나보내고 싶었다. 나는 묘사를 사랑하지 못했고 진술은 그게 뭐든 옳았고 그게 뭐든 나를 괴롭혔다. 왼손잡이가 날린 부메랑처럼 TV 속의 UFO들은 사랑스럽게 삐뚤거리며 화면 저편으로 날아가버렸다. 기진한 심정으로 다리를 예쁘게 모으던 소년들을 지켜보던 그 계절을 끝으로 더이상 쓸 죄는 없었다. 한쪽엔 양가적인, 반대편엔 등가적인 우화들을 쌓으며 내 잠은 가장 행복하게 나를 분해하기 시작했다.

## 정오에 피는 꽃

정오가 청결하지 못할 이유는 많았다. 바다가 강처럼 좁게 흐르는 해안가 산책로를 걸었고 그 곁에서 벌거벗은 아이들이 물고기를 몰고 있었다. 점심때, 라고 대답했지만 묶인 시간 같은 건 어디에도 없었다. 담쟁이처럼 방파제를 타고 오르는 무성한 포말들도, 동전을 넣는 무인 주차장도, 물밑을 어둡게 몰려다니는 고등어 치어와 즐비한 횟집 고등어회 사이의 그 무엇이 점심참이라면 점심참이겠지. 가게 창 안쪽이 마른 지느러미와 비늘을 꺼낸다. 더러운 건 이유가 되지 못한다. 할머니 무덤가에 빗돌을 세우느라 신발이 진창에 묻혔다. 우리의 연수가 칠십이요 강건하면 팔십이라도 그 연수의 자랑은 수고와 슬픔뿐이요 신속히 가니 우리가 날아가나이다. 시편 90장 10절엔 그렇게 쓰여 있었고 부활을 믿는 사람들이 왜 그 구절을 봉독하는지 도저히 이해할 수 없었다. 우리가 날아가나이다. 우리는 날아가는 존재인 것이고 또 수고와 짐뿐인 존재인 것이다. 할머니는 89세에 죽었다. 꼬깃꼬깃 접은 만 원짜리 석 장을 부자인 목사 손에 들려주며 추석에 고기라도 해 잡수시라고 말하던 할머니와 반찬이 좋지 않다고 며느리들에게 상 뒤집어엎던 할머니 사이, 그런 게 오늘의 점심나절쯤이라고 해두자.

엄마는 잘라주지 못해 죽죽 늘어진 종려 잎에 마음이 불편했다. 둘째 작은아버지는 중창단이 부르는 〈저 요단강 건너편에〉의 박자에 맞춰 오른쪽 다리를 흔들고 있었다. 장례 예배의 조가弔歌는 의외로 밝은 것이어서, 뱀신에서 개종한 할머니는 어쩌면 십자가에 못박힌 이스라엘 지역 신에게 정말로 그 부르심을 영접한 듯 보이기도 했다. 몸(모자반)국을 먹고 상주와 며느리들과 손자들과 손녀들이 국화향 쾌쾌한 지하실로 내려왔다. 아이스박스 속엔 얼음과 함께 더러 맑은 술도 떠 있었다. 그들이 기도한 '본향本鄕'은 어디일까? 목백일홍들은 꽃이 피는 시간을 기다리지 않았다.

들어가고픈 찻집이나 음식점이 없었기에 나는 관덕정 주변을 여러 번 맴돌았다. 길눈이 어두운 자라면, 반드시 자기의 눈 빛깔을 사랑한 적이 있을 것이다. 음악은 본질적으로 의미 없는 것에서부터 시작한다고 핑크 플로이드의 로저 워터스는 말했다. 기억은 불온이 깃들기에 최소 필요한 양식이다. 그것은 허여되는 것이었고 나는 허락받지 못했다. 부길이 형님이 내게 소천하였는지가 맞는지, 소천하셨는지가 맞는지 묻는다. 난 두 개가 다 맞는다고 했고 작은아버지들은 다소 떨떠름한 표정이었다. 태풍이 올라오던 때여서 바람이 거세지는데 지하 빈소 마룻바닥엔 커다란 쥐가 벗어놓은 구두 사이를 빠르게 뛰어다녔다. 중산간 마을에 소개령이 내려지기 전까지 가족들은 밤이면 들에 나가 잠을 잤다. 밤에는 도장을 받으러 산사람들이 내려왔고 낮엔 경찰들이 도장 받은 집 사람들에게 총을 겨눴다. 사촌동생들은 하나같이 술 담배를 하지 않았기에 난 그들을 따라 치아 건강에 좋다는 껌을 씹고 있었다. 이곳의 바람은 불을 끄기에도, 불을 일으키기에도 맞춤인 것이었으므로, 나는 지금은 사라진 산지천 사창가 여자들과 그들이 켜놓던 작은 등을 생각했다. 내게 바다는 바람이다. 저멀리 들려오는 어떤 풀림과 조임의 소리들. 태풍이 오고 있는데, 초는 촛불 아래서 흔들림 없이 천천히 녹고, 검고 구멍난 돌들이 피리처럼 맑은 소리로 울었다.

## 반신反神의 이름

　바람의 깃털을, 그 겨드랑이가 수줍어하는 것까지 알진 못했다. 엄마는 따뜻한 정화조를 팔러 나가고, 이제 봄이 지나면 따뜻한 정화조가 찬으로 올라오고, 저녁식사가 끝나면 아빠가 따뜻한 정화조를 읽고, 물꽃이 느리게 흙물을 게웠다. 눈도 뜨지 못하는 어린 개들이 희고 축축하게 어미 개의 혀끝에 모여 있었다. 누에고치를 닮은 은하계 사진 한 장 속, 하잠夏蠶의 꿈이 행복하게 땀 젖은 이마를 닦던 시간이었다. 깨끗한 손가락을 밤에게 가져다주지 못한 죄, 너무 얇은 꿈을 꾼 죄. 난 한가롭게 누워 가족들의 정화조가 생을 다 보낸 잔디보호 출입금지 푯말 안쪽으로 걸어들어갔다. 두꺼운 공책이 겨우 몇 쪽을 넘겼지만 꽃 진 자목련은 아직 가로쓰기에 익숙지 않을 뿐이었다. 평년을 따라 바람은 북동으로 촘촘해진다. 무게추 없는 허공과 그 소원 없는 손발이 내 처음 연정이었다. 기체들에게 뿌리를 붙여주자 조금 구겨진 연기는 땅으로 내려와 사물을 흉내낸다. 그저 여름, 물고기들이 분홍빛 띠를 몸에 두르고 가버렸다. 그저 여름, 수많은 씨앗만 아니었다면 해바라기들에게 내 어린 날을 맡기진 않았을 것이다. 무너진 담벼에 앉아 개와 나는 같은 냄새를 맡고 서로를 만졌다. 팔뚝의 주저흔과 그 위에 그려진 붉은 선들은 이젠 그립지 않았다. 그건 죽음 앞에서 스스로 망설였다는 말이었고, 단지 무게추가 없는 낮과 밤이 어떻게 서로에 대해서는 완벽했는지에 대한 결말.

또 만나자고 우리는 약속하지 않았다. 이제 한 사람을 묻고 모두 집으로 돌아가는 시간. 오징어는 다리 위에 이렇게 예쁜 눈이 달려 있구나, 생물 오징어 눈을 하루종일 들여다보면서 놀았다. 고향으로는 돌아가지 않을 거라고 말하던 걸 회상하며 가족은 안전한 것들을 지목했다. 내게 신은 창조와 날조의 이상한 결점뿐. 제발, 제발, 애원식의 편지를 쓰긴 싫었다. 내 등뼈를 만지고 나를 물고기라고 부르던 사람이 있었다. 가시에게 반하겠어, 여름 숲길의 장미 덩굴에게 반하겠어. 난 노란 모자를 썼고 오늘은 놀러가는 놀이와 놀러 나가지 않는 놀이를 하는 날. 멀리 있는 것들은 갈 수 없어 슬픈 게 아니라, 가고 싶어지기 때문에 슬픈 것이다. 곤혹이라는 이름으로, 지옥문 앞의 흰 사제들과 만나 라일락 아래의 검은 제의를 올린다. 그것은 리듬이고 노래고 선물이다. 나는 배고픈 염소처럼 종이를 씹고 내가 쓴 글자만큼만 울었다.

그 섬의 많은 사람은 나무 아래 수목장으로 묻혔다. 나무와 숲은 그들과 함께 영생한다. 그때 나무는 죽은 자의 영혼을 이어가는 영생목永生木이 된다. 망자들이 산 자들과 열매를 나눈다. 그렇게 믿고 싶다. 스쳐간 모든 것이 나로부터 멀어지기를, 정확하게 나를 외면하기를 기다린다. 속도는 시간의 형체일 수 있다. 시간이 공간이라고 생각하는 것은 밤과 낮의 습관일 뿐, 새들은 하루를 날아갔지만 늘 입구에 서 있었다. 기다렸다. 허탈을 몰랐다. 지루한 장마였고 멋진 번개였다.

# 지베르니 정원의 부엽浮葉들

Harmonium,
《Si on avait besoin d'une cinquième saison》, 1975

## 여름 곶의 일몰

사상 최악의 가뭄일 거라는 일기예보를 들은 날이었고, 이탈리아 청년 발렌티노 로시가 MotoGP R11에서 그의 바이크 RC211V와 함께 우승을 차지한 날이었다. 9월과 10월이면, 굽고 경사진 길들은 특별해진다. 울컥거리며 순간 앞으로 튀어나가는 급발진 증상의 모터사이클 앞에서 녀석은 웃고 있었다. 젊은 아이들의 멋진 코너링을 가끔 목도할 수 있는 이 소공원의 도로변 한구석은 늘 질소로 가득한 풍선처럼 부피는 크고 질량은 적은, 갇힌 기체의 모습이었다. 훔쳐가고픈 마음도 들지 않을 만큼 뻔뻔스러운 도색이군, 나는 카메라를 돌려주고 환하게 웃어주었다. 태양은 거대한 구근처럼 이리저리 실뿌리들을 건물 벽면마다 서툴게 이어붙였다. 아파트단지 철망에 묶인 개나리들의 첫마디는 항상 결말에 가까웠고 항상 서정抒情이었다. 감사한 느낌과 다행한 느낌이 각각 다르다는 것을 알고 있기에, 나는 이제 구름을 주우러 나무 밑으로 가지 않는다.

잘 웃지 않는 여자들은 내 손보다 내 손이 가리키는 방향에 더 관심이 많았다. 또 딱딱한 잇몸의 여자들은 내 말보다 내 입에 더

관심이 많았다. 내가 할 수 있는 오늘의 일이란 고작 내 얼굴에 귀면鬼面을 씌워주는 일. 창을 열면 거기엔 조로한 아이들만 검은 이빨 사이로 침을 찍찍 뱉으며 공사판의 쇠막대처럼 흩어져 있었다. 달릴 수 있는, 날아갈 수 있는, 사라질 수 있는 외투를 입고 여름과 똑같은 모습이 되어보고 싶다. 구름은 내게 끝이 뾰족해지도록 심을 깎고, 나뭇결이 심 끝 한 방향을 가리키도록 연필 깎는 법을 가르쳐주었다. 선명하게 어두워지는 아이들의 눈알은 너무도 뚜렷하여 손끝으로 꺼낼 수도 있었고 사랑한다고 말할 수도 있었다. 내 외투는 사라지진 못했지만 달릴 수는 있었다. 그러니까 다양한 욕설을 접하고 증오만 가득한 수첩의 한쪽 면만 살짝 보여주는 것은 나의 말, 그것이 정확히 어떤 것인지 모를 때 수첩에 배신이라고 적는 것은 너의 말. 이곳에서 내가 만난 인과는 눈꼬리가 치켜올라가고 송곳니는 아주 뾰족했다. 그건 흔들리는 그릇이었고 나는 그 안에 담긴 물과 그걸 마시는 입들을 생각했다. '달리트'라는 인도 천민 계급은 불가촉천민으로 불린다. 너무 미천해 다른 상위 계급과의 신체적 접촉조차 허용되지 않는 사람들. 불가촉, 그들이 꿈속으로 걸어왔고 그들을 만져야 옳았던 건지 그들을 피해야 옳았던 건지 지금은 나 자신의 위치에 대해서만 생각했다.

똑같은 옷을 입고 불평 없이 내 앞에 서라, 거울은 내게 충고했다. 지금은 흔들리는 자작나무를 공부하는 시간. 나무들이 호기심을 잃고 결벽으로만 문을 닫을 때 가는 날과 오는 날만 빼고는 나는 그걸 모두 하나씩 열어보아야만 했다. 딱한 표정으로 자기를 만지는 것 말고는 내 손끝은 아무것도 몰랐다. 나무 한 그루씩을 선물받고 멋진 그림자를 뽑으며 여덟 명 중 한 명은 무채색을 사랑했다. 팔다리가 많아도 충분했지만 얼굴이 없어도 충분했어요, 우린 그걸 낙서라고 불렀죠. 절대적인 표정으로, 그러나 가장 희극적인 표정으로 나는 나를 만진다. 내가 입은 옷이 네가 입은 옷이 되거나, 나를 낳은 사람은 내가 낳을 사람이 되기도 했다. 스스로 올가미를 놓고 거기에 손목과 발목을 가져가면 그건 함정이 아니라 속죄. 한 종류의 더러움만 계속 참으면서 가장 세밀하게 아이들은 자기가 사라질 곳의 이름과 위치를 손바닥에 적었다. 벽돌은 거기에 대해 나름의 등식이 있기 때문에 그걸 차곡차곡 그림자 위에 쌓아 올릴 수도 있었다. 서로의 방에는 그림자조차 함부로 들어갈 수 없었다. 일몰은 염소 가족처럼 서로를 꼼꼼히 핥고 말뚝에 매인 줄이 하락하는 거리까지 빙빙 돌며 작고 검은 원을 그렸다. 붉은 벽돌 건물을 절벽이라 부르고 그걸 타고 올라가 일몰의 비등점과 동등해지고 싶은 날이었다.

신은 새벽의 모습으로 만물에게 도달한다. 우주가 물결처럼 대기로 쏟아져들어오는 지구의 허공을 태초의 지의류, 이끼류는 낮게 엎드려 무연히 바라볼 수 있었다. 이 숭배자들의 마당에서 똑같은 옷을 입고 불평 없이 거울 앞에 서 있었던 건 여름 곳의 먼지 같은 파도와 추레한 포말뿐. 그림자에서 물고기를 꺼내기도, 물고기에서 구름을 꺼내기도 좋은 시간이다. 공원 시소의 가벼운 쪽은 허공으로 치켜올라간 채 무거운 자기 그림자만 여름내 끌어당겼다. 손 위에 새겨진 비천한 동심원들을 따라 아이들은 원하는 만큼만 간결하게 비참해진다. 달릴 수 있다면, 날아갈 수 있다면, 사라질 수 있다면, 그런 외투를 가질 수만 있다면. 호감과 반감을 섞어서 물결을 몸 밖으로 모두 돌려보내면 그게 어른이 된다는 걸까? 그게 신발을 잃고도 울지 않는 여름이라는 걸까? 부박하게 물 저편으로 퍼져나가는 물결 위의 그늘은 무게를 치유라고 불렀다. 귀를 잃어도 좋고 손을 잃어도 좋았지만, 무게를 잃는 건 모두 다를 잃는 것이었다.

# 풍금의 수면 水面

마치 파란 거울 같은 하늘에 노란 얼룩이 진 것처럼
색채의 뗏목이 흘러가는 걸 바라봅니다.

—모네

캐나다 포크-프로그레시브록 그룹 하모니엄의 《Si on avait
besoin d'une cinquième saison》(제5의 계절이 필요하다면)은 그
룹명처럼 풍금의 냄새가 나는 앨범이다. 풍금도, 아코디언도, 플루
트도, 인간의 목소리도 모두 바람으로 정제된 악기다. 색깔을 품은
바람은 봄, 여름, 가을, 겨울의 네 계절을 따라 흐르고 그 위에 짧은
생의 악기를 만든다. '순간'은 그 파장이 가장 짧을 때 가장 깊은 내
면을 얻는다. 데생의 무시, 몽환의 탄생, 순간의 포착, 불안정한 응
시, 미완성으로의 완성, 미술 사조인 인상주의의 틀을 답습하며 바
람의 악기는 무정형으로 혼미하게 흘러간다. 1883년부터 사망한 해
인 1926년까지, 모네는 지베르니에 머물며 물위에 뜬 살아 있는 그
늘과 인조석 같은 안개와 양산처럼 흰 비둘기 가슴을 그렸다. 여자
들이 강물 위에 치마폭을 비춘다. 색채가 순간이었던 적은 그때뿐이
었다. 내겐 태양을 여러 겹으로 쪼갤 프리즘이 없었고 미명을, 일몰
을, 하나의 빛깔로만 이해할 수 있는 창이 없었다. 들판엔 온통 붓끝

으로 성의 없이 꾹꾹 찍어 누른 붉은 개양귀비꽃이 떠다녔다. 개양 귀비 들판의 모자母子를 따라 당신과 나, 그리고 또 당신과 나, 태양 이 어두워지기 전까지 우리는 서로를 복제하며 무희들처럼 발끝으 로 떠다녔다. 양산 아래 흰 그늘에게 나는 약속했었다: 나는 여행을 싫어하고, 유목을 잊을 것이고, 뚱뚱한 엄마에게 팔베개를 해주며 가장 불편한 잠을 잘 것. 옥상의 어둠은 실뜨기하는 코흘리개 계집 애처럼 별 꼬리가 남기는 실 끝의 움직임에 골몰했다. 이맘때 간이 역 매점에서는 사랑스럽고 알록달록 흥미로운 도색잡지들이 가판대 위에 누워 행복한 세계를 이루고 있겠지. 과거는 존재하지 않았던 곳을 흘러 존재하는 곳으로, 미래는 지팡이를 좌우로 또각거리며 맹 인처럼 누렇게 죽은 잔디 위를 지나갔다. 머물지 않아서 슬픈 것들 이 있다면 내게 그것은 기억이고 계절이며 바람이고 노래다. 제5의 계절이 필요하다면, 만약 그런 것이 내게 필요하다면 나는 나를 지 우고 새로운 계절에게로 아무 내용 없는 축전을 보낼 것이다. 12월 의 휴식은 박애적이지 않았고, 13월은 너무 오랫동안 13월이었고, 아무것도 손잡고 싶은 것이 없을 때의 화해는 결별로만 가능해지곤 했다.

## 태양을 볼 수 없는 방

놀이공원까지 가기는 했지만 요금이 비싼 놀이기구 앞에서 '허공에서 빙글빙글 도는 건 어지럽고 재미없는 일'이라고 나 자신과 맞장구치던 남루한 어느 저녁을 생각한다. 마치 타인이 자기의 의식을 지배하고 있다는 투로 사람들이 지껄였다. 단지 행과 불행만 초침과 시침을 조금씩 옮겨갈 뿐, 시계는 아무것도 변명을 가지지 못했다. 먼 하늘의 밑쪽은 검갈색. 이런 날은 귀면鬼面의 연鳶을 띄워도 좋으리. 무덥고 축축한 날에 지하방으로 자주 찾아와 말 건네던 그리운 인플루엔자균들은 붉은 이마와 환청으로 나를 하나씩 양파처럼 벗겼다. 누구나 한번쯤 소중했을 어린 날의 보물 상자처럼, 밖엔 장미 줄기를 태우는 어지러운 흰 연기의 군무. 이차성징이라는, 사춘기라는, 이상하고 쓸데없는 시기를 왜 겪어야 하는지 여자애들은 이해할 수 없었다. 그건 말야, 소년들은, 태양의 산란이 만드는 물방울들이기 때문이지. 금세 없어지기 때문이지.

1970년대 한 소읍의 '쌀 한줌 모으기 운동'에 작은 옹기 하나씩을 소중히 품에 들고 나온 부녀자들이 억울하고 가슴 미어지는 마음으로 커다란 다라이에 쌀을 부어넣고 명부에 이름을 적었고, 엄마도 그중 한 사람이었다. 약弱은 육肉, 강强은 식食. 내가 배운 분별력은 이성적이지도, 유미적이지도 않았다. 그건 마치 패 놀이인 마작과도 같아, 삭수 패와 만수 패들이 얼기설기 쌓인 상앗조각 패를 앞에 두고 상대와 내가 함께 배열을 맞춰가는 것. 어떤 패는 진행시키고 어떤 패는 퇴행시킨다. 인간은 이 놀이에서 늘 패하면서 마지막을 마무리지어왔다. 자기를 선언하는 것만 강박적으로 반복하며. '인간은 장소, 시간, 환경을 골라서 태어날 수 없고, 태어난 순간에 인간들은 각자 살아갈 조건이 다르다. 때문에 이 세계가 잔인한 건 당연한' 거라고, '삶의 시작은 화학반응에 지나지 않으며 인간존재는 다만 기억정보의 그림자일 뿐'*이라고 노아 박사는 갈라에게 말했다. 그날은 마당의 귤나무가 노랗고 동글동글한 감귤을 매달았고 밭일에서 돌아온 엄마가 부엌에서 몇 줌 쌀알을 끓이던 '화학적'인 저녁답이었다. 찰랑대며 둔치를 매만지던 내 안의 넓은 호수를 생각한다. 모든 사건은 환상지幻想肢, phantom limb**혹은 환상지幻想池다. 그렇게 믿고 싶었고, 사라진 것들이 부러웠고, 어엿한 사람이란 어떤 두께의 책을 가지고 있을까 단지 생각만 했다. 이제 나는 호기심으로부터 너무 멀리 있고, 멍청한 애들은 연필 쥐는 것만 봐도 알 수 있게 되었으며, 가시에 아주 가깝게 다가간 얇은 막이었다. 가시는 찔리기 전까지는 너무 큰 매혹이다. 소망이 쾌락보

---

* 『총몽 Last Order』 중.
** 절단된 수족의 감각이 마치 수족이 붙어 있는 듯이 생생하게 느껴지는 상태. 미국의 박사 S. W. 미첼(1829~1914)이 제안한 용어.

다 좋은 것은 아니지만 분명 의지보다 나쁜 것은 아니었다.

## 색채의 뗏목

내 사춘기에 나무는 줄곧 회상의 자세로만 자랐다. 집의 현관마다 꽂혀 있는 아름다운 장식등에 대해, 어딘가 부르주아지들만 모여 살아간다는 마을에 대해, 나는 회상했고 그리고 멀미했다. 당신이 오늘 누워 지냈던 호수 바닥은 어떻던가요? 당신이 손끝을 뻗으면 열매의 붉은빛이 차갑게 색 바래고, 재수가 좋았다면 저녁은 물 한 방울보다 더 빨리 증발할 수 있었을 텐데. 내 사춘기에 식물은 비등점으로만 줄기를 뻗었다. 지금은 물이 흐르는 모습보다 멈춰 있는 모습이, 풍성한 활엽의 수림보다 바늘 끝처럼 서 있는 겨울나무의 패악이 더 아름다운 계절. 죽은 자는 많은데 무덤은 없는 이상한 마을에서 나는 자랐고 화해와 오해는 늘 같은 것이었다. 물고기를 수면으로 떠올리는 바닥의 힘으로 나는 거울 반대편을 견뎠다. 잘못 걸려온 전화는 말이 길어지고, 송전탑은 연탄재를 뒤집어쓰고 사람들이 힘겹게 걷던 언덕길을 걸어갔다. 뒷모습은 앞모습을 이해하지 않아서 너무 헐겁다. 회상처럼, 인형의 팔다리는 한쪽 방향으로 끝없이 돌릴 수도 있었지만 고통받지도 소리지르지도 않았다.

색채는 뗏목처럼 물위를 떠간다. 물결은 모난 말과 둥근 말을 배웠고 물풀의 긴 하품은 아름답고 어질었다. 흔들리는 수면과 물에 비친 돛은 그늘이 없어 태양을 볼 수 없는 방이었다. 색채를 분할하듯 나는 오후의 옥상 난간에 걸터앉아 내가 그토록 싫어하던 아버지의 어투로 중얼거려본다. 풍경에게 감정이 없는 건, 니들에게 부모가 없기 때문. 구름은 한번쯤 바람의 씨앗을 품고 눈부시게 태양을 우회했을 것이다. 외광外光 아래 나는 무표정한 추모사를 쓰고, 아무도 계단 아래로 어둠을 굴리기를 바라지 않았다. 흉한 것을 만지고 부엽들이 바닥으로 떠난 여름이다. 어디로도 가라앉지 못한 나무들은 수많은 추측만 무겁게 가지 위에 얹어야 했다. 찌그러진 가죽공 같은 신세인 건, 니들이 태어날 곳이 이곳이 아니라 니들이 떠나왔던 이전 세상이기 때문. 언덕을 지나, 어느 집의 뒤란을 지나 사랑스럽게 살찌던 개의 색깔과 냄새에게 똑같은 무게의 통로를 만들어준다. 가슴 밑 갈비뼈 위의 어느 부분을 손바닥으로 대보며 넌 냄새 맡았고, 넌 색깔 없인 태어나지 못했고, 그리고 넌 거기에 존재하지 않았다. 황혼은 풀처럼 쓰러진 어느 사람의 그림자를 한 눈금씩의 조도照度로만 천천히 일으켜세웠다.

무연고 묘지가 더러운 꽃송이처럼 여기저기 피어나던 그곳에서 듣는 것이 지겨워진 아이들은 귀를 떼어 손에 쥐고 어디론가 가버렸다. 가끔 무언가 그리워 참을 수 없는 날이면 나는 동네 구멍가게로 달려가 먼지를 뒤집어쓰고 여러 날 아무 손길도 타지 못한 네

모반듯한 캐러멜들을 사 왔다. 별스러운 일은 없었지만 그저 울면서 돌아오고 싶었던 하굣길, 수피樹皮가 튀밥처럼 떨어져내리던 뜨거운 길. 수많은 사람이 개양귀비 벌판을 걷고 여러 날의 밤낮을 바구니에서 꺼낼 동안, 나는 단 캐러멜을 핥으며 계속 허공으로 떠올랐다. 떠오르며 여러 얼굴의 자화상이 되자고 다짐했다. 딱딱하고 긴 밤낮이 오늘 무덤가에 흰 뼈처럼 가지런히 모였다. 슬픈 건 따뜻했고 올라야 할 계단을 다 배운 아이들은 그런 걸 유치하다고 생각했다. 새벽 4시쯤 저희는 엄마 밖으로 쏟아져나왔고요, 어디가 밖이고 어디가 안인지 이제 알 수 없게 되었고요, 짐승들도 지옥에 갈 수 있다는 걸 알죠. 턴테이블에 LP를 걸듯, 어린 자매들은 츠즉츠즉 소리 내며 홈을 따라 끊임없이 원을 그리며 울곤 했다. 슬프지 않았다. 흘러간 것들은 어떤 이유로든 현재로부터 보호받는 것이니까. 지나간 것들은 영속하는 시간 속에 갇힐 테니까. 오늘은 아마도 기이하고 우연한 날이었을 테니까.

# 금요일의 자매들

Azure Ray,
《Burn and Shiver》, 2002

## 의자라는 이름의 나무

너희는 여러 개 작은 점에서 시작해서 하나의 얼룩이 되는 것으로 끝이 났다. 보리수가 늘어선 거리를 따라 너희는 1800년대의 옷부터 1900년대의 옷까지 연대순으로 차려입고 행과 오를 맞춰 가장행렬을 떠났다. 작은 것들은 더 작고 숨기기 쉽게 만들어져야 했지만, 신비한 얼룩을 이부자리에 남기는 것으로 작았던 시절은 끝냈다. 작아지라고, 어려지라고, 조용히 순응하면서 눈사람의 몸통을 눈 위에 굴리라고, 바람이 그렇게 말했다. 내쫓겼던 것과 도망가던 것이 같은 뜻의 놀이가 되어갈수록, 빨리 손때가 탈수록, 이번 다짐은 또 너희를 1년 전으로, 더 다리가 길어지고 더 많은 지문을 가진 시간으로 되돌려놓게 될 것이다. 오후 6시에 종이 울리면 광장엔 문장기紋章旗를 든 기수들이 뻐꾸기시계처럼 똑같은 얼굴로 두 번 원을 돌았다. 곡마단에서 춤추는 말들이 너희를 즐겁게 해줄 거라고 믿었지만 곡마단 천막 안은 지친 말들이 싼 똥의 냄새만 가득했다. 이번엔 꼭 너보다 애교 많은 애를 점찍어라. 그 애가 애교를 떨 때 모른 척 눈사람에게 그애의 이름을 붙이고 녹아 없어질 때까지 지켜보거라. 너희들이 또박또박 읽는 글은 단 한 방울의 여유도 없었고 겨울의 비쩍 마른 팔은 그걸 코웃음쳤다. 연하

장을 보내주신다면 그걸 난간마다 붙이고 겨울이 여기까지 절 찾아오도록 서툴지만 또박또박 읽어드리겠어요. 서로 머리를 한 움큼씩 쥐어뜯으며 너희는 생애 처음으로 가슴 아프고 재미있는 놀이를 했다. 가장 간단한 밥을 먹고 가장 힘들게 생일과 이름을 적었다. 태어난 날엔 이름이 없었고 이름을 가진 날엔 생일이 사라졌지만, 두 개를 한꺼번에 잃는 것은 두 개 모두에게 사랑받았다는 뜻. 너희는 의자가 되었고 직각으로 서서 많은 겨울을 바라보기만 했다. 누군가 잎을 달아주면 나무가 될 수 있을 거라는 부질없는 낙담을 서글프게 주고받았다.

# 춘희

새벽에 눈을 뜨며 듣는 그리스 아테네 출신의 애저 레이는 두 여자 오렌더 핑크Orenda Fink와 마리아 테일러Maria Taylor의 행복한 배웅으로부터 하루가 시작된다. 부질없다고 말하는 자매들 혹은 겨울과 봄 모두인 양가적인 엄마들. 내게 그리스는 신화의 나라지만, 그들에게 그리스는 더 이상 헤맬 곳 없는 미궁의 골목 같았다. 음식점 뒷문으로 조리사들이 개숫물을 쏟아붓던 좁은 골목길을 지나기까지 2박 3일이 걸렸고, 다시 그 골목을 빠져나오는 데 또 꼬박 2박 3일이 걸렸다. 그건 단 한 가지 맛이었고 우린 무덤덤한 표정으로 턱이 아플 때까지 계속 껌을 씹었다. 표현해주기를 원했기에 나는 솔직히 대답했다. 그건, 도자기 잔 속에 담긴 물 한잔을 입안에 머금는 기분. 그건, 내 손가락을 타인의 손가락에 맞물려보는 기분. 나무는 높은 곳에서 바라보는 것이 전부인 여행을 떠난다. 그편이 좋다, 너희는 너무 야행성이고 주세페 베르디의 오페라를 들으면서도 한 번도 하품하지 않았다. 그때 춘희는 부서지며 절박하게 옛 기억을 불렀다. 한 달의 25일간은 흰 동백꽃, 나머지 5일간은 붉은 동백꽃을 가슴에 꽂고 자기의 월경일을 알린 고급 창녀 춘희. 아무도 없는 집으로 돌아갈 땐 자기를 위한 과자와 초콜릿이 든 선물꾸러미도 필요했다. 우기가 지나면 붉은 식탁을 준비하던 나무들이 그리워질 것이다. 휴일의 어느 날 신발을 사기 위해 재래시장 거리를 거닐다가 너무 많고 예쁜 신발을 보고 아직 누구의 발목도 허락하지 않은 그 마음이 너무 행복해 조금 울었다. 11월부터 발목이 아름다워지는 비, 그 아래서 난 솔직하게 얘기했고 너희는 솔직하지 못한 만큼 다리를 긁었다. 바람개비가 돌아가는 방향을 향해 우리는 여행 떠났다. 그리스에서는 종이 연을 날리는 사람들과 종이 연을 만들 짙고 아름다운 색종이를 골랐다. 베네치아에서는 눈알이 까맣고 머리가 긴 사람들이 천박한 일을 했고, 하이난에서는 박의 속을 긁어 만든 시원한 주전부리를 사 먹었다. 그러니 너희는 내 새벽에 와서 나를 하루종일 인력거꾼의 심정이 되게 했고, 내 새벽에 와서 헝겊조각 같은 나무들을 끝없이 이어붙였고, 가슴에 꽂았던 동백꽃을 건네주며 '안녕'이라는 한마디만 남긴 채 순박한 청년의 애정 고백을 비웃던 비올레타처럼 나를 비웃었다. 이제 우리 멀어지지는 않고 조금씩 떠오를 뿐인 여행을 떠나자. 조롱에 새를 키우는 소녀를 만나 네가 주인이냐고 물었지만 주인을 가진 새는 없었다. 슬프게 읊조리면서 고요하게 과거를 잊으면서 아테네의 여성 듀엣은 행복한 결혼식을 올리고 둘뿐인 혼혈의 꿈을 꾼다. 너희의 귀는 가

끔 울고 내 귀는 그걸 세상에서 가장 많은 손자국이 찍힌 편지라고 생
각했다.

## 암순응

수천 년 동안 떠돌아온 속삭임들,

그 소리들이 내 간절한 귀에 닿기까지 내가 한 일은

그저 귀를 열어두는 것뿐.

—Azure Ray, 〈A Thousand Years〉 중에서

어두운 곳에서 눈이 적응하는 현상을 '암순응'이라고 한다. 사람은 어두운 곳에서 밝은 곳으로 걸어나왔고 다시 어두운 곳으로 돌아가야 하지만, 많은 시간을 어둠에 '적응'해야 할 만큼 어둠과 동떨어져 살아간다. 자매들은 정화된 밤을 알고 있고 어두운 새벽에 나를 깨운다. 슬프게 나를 흔들며 깊은 바다 밑의 작은 돌들을 내 손에 쥐여준다. 모든 이에게 세상이 아직 어둠의 시절일 때, 정자와 난자가 수정되어 처음 사람의 형태를 갖출 때, 모든 생명은 약 4주 정도 여성의 몸으로 지낸다는 것을 어디선가 읽은 적이 있다. 수정 후 6주가 되면 일명 '호르몬 샤워'에 의해 성별이 가려진다. 그러니 모든 남성은 4주 동안 여성이었고 모든 인간은 태초에 여성이었던 것이다. 사람은 태어나면서부터 몇 가지를 강제적으로 잃는다. 어둠이 그렇고 여성이 그렇다. 어둠을 잃었으니 암순응이

필요한 것이고 여성을 잃었으니 사람은 여성을 이해하기 위해 거기에도 어떤 종류의 순응이 필요한 것이다. 그 복종은 아름다운 것이고 시원始原의 나를 찾아가는 귀소의 여행일 것이다. 어린 내가 장롱 속으로 들어가 본능적으로 어둠과 친화할 때, 종이 인형에 종이옷을 오려 이것저것 입혀보고 즐거워할 때, 그것은 잃어버린 곳으로 돌아가려는 회귀의 몸짓이었던 것인지도 모르겠다. 물론 그런 짓을 할 때마다 아빠에게 엄청 맞고 사내아이로 '교정'되어갔지만, 그건 또하나의 나를, 나의 쌍둥이 자매 중 하나를 잃어버리는 과정이었다. 새벽의 나는 그리스의 두 여자가 들려주는 음악을 들으며, 길 가다 짝짓기를 하고 있는 뱀 두 마리를 지팡이로 건드렸다가 여자로 변해서 아기까지 낳고 산 예언자 테이레시아스를 생각했다. 하늘가의 푸른 섬광, 아테네의 하늘은 이런 느낌일까? 항상 '잘 자요'라고 말해주고픈 자매들. 그건 타인을 때리고 싶으면 나를 때리고, 타인을 울리고 싶을 땐 내가 울어야 한다는 말. 얼굴이 네모나고 못생긴 애들의 목소리는 늘 파란색이었고 아직 어떤 담장으로도 자기를 묶어본 적이 없었다. 유릿조각 같은 자매들과 함께 눈부셔하며 산비탈을 올랐다. 오르며 그 유릿조각들과 함께 온통 베이며 간혹 산비탈 아래로 구르기도 했다. 먼 곳으로 떠나기 전 유리문에 걸어놓았던 민소매 상의가 그립다는 자매들의 말은 거짓말이었다. 담장 아래의 너희가 주고받은 장난 결혼은 사춘기를 지나 이제 권태기. 참을 만한 정도로만 꿈을 꾸고 너희는 수식어가 없는 죽음을 생각했다. 아 간지러, 아 나른해, 너희는 공기 속으로 증발해 들어가며 서로 잡았던 손을 놓쳤고 놓친 손을 영원히 붙잡지 못했다.

## 금요일의 자매들

　너희가 웃을 땐 은빛 보철 밑의 치열齒列이 눈부셨다. 상실뿐인 너희의 모자는 조그만 머리에 맞지도 않았고 한 바퀴 두른 꽃 치장도 어울리지 않았다. 내가 버리고 왔던 노래들은 심야 좌석버스 배차 간격처럼 점점 서로에게서 멀어지고 있었다. 이 별은 푸줏간 같아. 사람이 사람을 잡아먹고 애들은 가죽 공을 차며 놀고 슈퍼 주인아저씨만 빙과를 베어먹던 겨울. 떠났던 곳으로 다시 돌아오기 위해 가로등은 걸어온 길마다 하나씩 똑같은 발자국을 찍고 있었다. 참는 것에 너무 많은 의견과 조언은 불필요한 것이다. 철 지난 달력 몇 장을 건네며 덧니처럼 잘못 돋은 저곳이 니네 집이라고 날들은 가르쳐주었다. 발음기호를 닮은 바람이 공업사 처마에 매달려 갓 만든 아름다운 조어造語를 읽어준다. 나는 장례식에 가장 늦는 문상객이었다. 내가 두 번 절하면 너희의 아름다운 옷은 수의壽衣로 변하게 될 것이다.

　가물은 들판에 앉아 한 벌의 나무젓가락을 둘로 쪼갠다. 내게 남겨진 여정이라곤 껍질 두꺼운 반쪽의 홍옥을 먹는 일과 가벼운 바구니에 너희의 묘역을 가지런히 담는 일. 너희는 치마를 끌어 묶고 내가 모르는 어두운 허공과 줄넘기를 했다. 분홍빛 옷을 입고 춤을 추며 북쪽 비탈까지 걸어올라왔던 가을에 난 그것이 너희의 유언이란 것도 모르고 몇 개의 꽃을 꺾었다. 그것이 너희가 담긴 잔의 손잡이인 줄도 모르고 쥐었던 것을 놓았다. 붉은 벽돌들, 넌 누구에게도 용서받지 못할 것이라고, 돌아갈 집의 헐한 벽에게 내가 말했다. 내가 여섯 살 때 너희는 엎어져 울고 있었고 내가 열 살 때 너희는 말하기 시작했고 너희가 죽었을 때 나는 바다 끝에서 앞 단추를 쥐어뜯으며 구토했다. 너희의 옷은 아직 한 벌이 남았고 계절은 아직 두 개나 더 남아 있었다. 뜻은 달랐지만 너희처럼 그때 바닷새들은 가끔 물밑을 향해 뛰어들었다.

# 침소寢所의 무늬

Huun-Huur-Tu,
《The Orphan's Lament》, 1994

# 붉은 결

성년이 되자 아이들의 옷깃과 소매 색은 붉어졌다. 해변에 나가 비탄에 잠기던 사람들은 죽은 엄마가 딸이 되어 돌아오면 반겼고, 죽은 엄마의 습관을 딸에게 가르쳤다. 얇은 납작빵을 씹으면서 어디까지가 실패한 것인가를 인정하는 것은 늘 딸과 엄마의 몫. 과거를 회고하는 방식이 목초들에게는 중요했다. 차례차례 성년이 되어 모두 자기를 아까워하며 이젠 입을 수 없는 옷옷의 색깔들을 그리워했다. 7시엔 바람이 미루나무 우듬지에 둥지를 트는 진홍빛 새들의 대관식에 참석해야 하고, 8시엔 근교 저녁 길을 질주하는 장미 다발 같은 승용차들의 행렬을 지켜봐야 하고, 9시엔 할아버지의 오랜 지병을 구겨지지 않게 잘 접어드려야 한다. 아무 도움도 되지 못하는 창의 외부들, 골목 모서리 하나가 얇은 악보처럼 몇 소절의 바람에 넘어간다. 딸들은 다시 만나고 싶은 사람과만 살아가면서 밤에도 한낮으로 가득한 꿈을 꾸었다. 밀려오는 것들은 되풀이되는 것들, 해변의 조개를 뒤집고 세번째 딸은 이제 다섯번째 엄마가 된다. 마르는 머리칼을 눈부셔하며 겨울은 둥근 상자 속에서 맴돌았고 딸들은 그걸 빨대로 한입 빨았다. 누군가 도움 주지 못한 밤을 뒤이어 내가 다시 도움 주지 못한 기분이었다. 간이 소각장에선 치마를 걷어올리듯 연기가 무릎 위로 바람을 걷어올린다. 거긴 네 할머니가 네 엄마가 되었다가 다시 네가 된 곳. 당근이 자라는 계절에 엄마의 비녀를 꺾으면 이생에서 다시 태어난다, 라는 격언을 되새기며 사람들이 소각장의 검은 연기를 바라본 곳.

# 붉은 순筍

둔치를 지나 내가 내 이삿짐들과 함께 이곳으로 왔을 때, 둔치의 억새들은 많은 신발을 보여주고 그것들을 바꿔 신었다. 무뚝뚝하게 연립주택 골목을 굽어보고 나는 열등한 것들에 대해 생각했다. 수챗구멍 속으로 물이 빠져나가듯 소용돌이치며 물결은 아이들의 체온을 재고 거기에 맞춰 미지근하거나 차갑게 흔들렸다. 촛불을 내 나이만큼 세워두고 모두 불을 붙이면 그 밝기만큼만 어둠이 옅어졌다는 뜻. 낮아지는 길은 어둠의 매듭을 하나씩 풀며 가지런해지고 있었다. 그리고 노래했지. 가도 가도 끝없는 무지개를 따라갔다는 노래. 엄마가 무서워서 울진 않아요, 내가 무서워서 웃지도 않죠. 파도가 부서지는 곳으로 침소는 나를 데려간다. 거기서 만들어진 둘의 인연이라곤 서로 다른 해에 같은 종류의 단풍 색깔을 바라봤다는 것뿐. 또 같은 베개를 베고 악몽을 사랑했다는 것뿐. 가장 높은 곳에서 고무링으로 머리를 묶고 어린 딸들은 생과자를 야금야금 먹었다. 북단의 바닷새들이 안개로 연결되었다는 걸 알게 되는 나이면 아이들은 옷깃과 소매를 붉게 물들이고 도덕적인 얘기를 나눴다. 그때까진 참자, TV를 자주 보고 기념품의 이름을 외우고 오래된 잡지 묶음에서 사진을 오려 뭔가 만드는 걸 좋아

해도 지금 네 이름은 네 엄마의 이름이니까. 바삭바삭 마른 기후의 아래쪽 계단부터 저녁이 차오르면 이제 옷을 뒤집어 입고 색깔을 감추는 일도, 광대놀이도 가능하지 않았다. 길고 물큰한 누에처럼, 명주실이 가득 담긴 자루처럼, 응급실엔 흰 실로 엉킨 사람들만 가득했다. 자작나무는 발꿈치가 결리도록 키를 높이고 하구로 흘러드는 검은 사초를 바라본다. 여러 가지 결점 중에 더 많은 이름을 가진 아이들이 가장 나빴다. 그건 질투도 슬픈 것도 아닌데, 왜 여러 이름을 한꺼번에 기억하는 건 가능해도 단 하나의 이름을 기억하는 건 쉽지 않은 걸까? 등나무 덩굴에서 잎사귀들이 맑게 증류되고 등꽃은 한두 방울씩 떨어지는 자기애에만 정신이 팔려 있었다. 고막에 이명을 달아준 엄마, 눈알에 착시를 달아준 엄마, 당신은 이제 내 딸이 되고 내 자궁 속을 더듬거리며 헤맬 수도 있겠지. 죽은 엄마가 다시 태어나는 날에는 굳은살이 보이지 않도록 숟가락을 쥐고 뜨거운 전구 아래 모여 딸들이 밥을 먹었다. 게처럼 많은 거품을 물고 긴 눈알을 올리며 우리는 어둡고 네모난 요람이 떠다니는 밤의 침소를 지켜보았다. 내년 여름에 만나게 될 싱싱한 엄마의 자살 의지에게는 무어라고 안부를 전해야 할까. 딸들은 그림자의 순을 조금 잘라두었고 그것만으로도 웃자랄 수 있었다. 단풍꽃이 어떻게 생겼는지 난생처음 봤지만 안 봤으면 더 좋았을 거라고 그들이 내게 말했다.

# 화인 火印

서로를 이해하며 서로를 부족해하며 적단풍은 가지 아래 수많은 붉은 치어稚魚를 풀어놓는다. 손바닥 모양의 붉은 화인 아래 이제 잊힐 손가락질 같은 건 없다. 들판의 소들을 위로하며, 천칭저울 위로 올라가 수평을 이루던 사춘기 꿈을 위로하며, 딸들은 손가락권총을 겨눴다. 가장 단순하고 가장 헐거운 봉인으로 침소는 나를 데려간다. 이 어두운 천조각들을 사람들은 꿈이 아니라고 말하고 있었다. 만조와 간조 때를 잘 지키며 서서히 내게로 들어왔다가 서서히 빠져나가던 일은 고마웠지만, 붉은 나무는 하찮은 것들을 노트에 적는 데 너무 많은 여름을 사용해야 했다.

# 붉은 극劇

창에 오래 묶였던 바람과는 이제 대화도 불화도, 모든 게 가능
해졌습니다. 당신과 나는 붉고 흰 등고선을 가진 지도를 한 장씩
얇게 자르며 서로가 눈치채지 못하는 여행을 꿈꿨어요. 바람 안쪽
의 결막, 그 눈꺼풀에 손대면서 해바라기는 태양이 자기를 돌려세
우던 내내 그의 냉담함을 사랑했어요. 지금은 어린 딸의 늙고 숱
많은 머리에서 새치를 골라내는 시간입니다. 잠시의 접신接神이 바
람을 앓게 했던 걸까요, 내일이면 맑은 물들은 또 엄마를 부르면서
구름에게로 회귀할 것입니다. 또 내일이면 물의 정맥 위에 가만히
놓이던 유순한 피톨인 안개에게 죽은 별의 안부를 물을 수도 있을
것입니다. 언젠가 당신과는 1년 내내 안개가 걷히지 않는 세상을
얘기한 적이 있습니다. 멀리 볼 수 없기에 좁은 사회를 이룰 수밖
에 없는 안개의 공동체적 양식, 확장 없는 삶, 국가의 소멸 따위를
상상했지요. 통사가 존재하지 않는 세상이라면 철학은 좋은 대장
간이 될 수도 있었을 것입니다. 묵은 것들에게로 떠나며 지난 계절
은 내게 너무 많은 낟가리를 쌓아두고 떠났습니다. 손이 미끄러운
사람과는 사귀지 말라고 딸에게 이르고 배웅했지만, 저의 딸은 저
에게 가장 미끄러운 손을 내밀며 찾아온 손님입니다. 서로의 부서

진 얼굴이 겸연쩍어 우린 자세하게 눈 맞추지 못했어요. 유목민의 천막에서 중순과 하순을 지내고 싶다고 당신이 내게 얘기했습니다. 그리고 나는 그네에 앉아 나 자신을 위한 극을 만들며 키질이나 투바 같은 먼 지명을 생각합니다. 유목민의 땅 러시아령 투바공화국은 몽골과 중국, 소련에 속해 있었던 중앙아시아의 작은 나라입니다. 물리학자 리처드 파인만이 그토록 가고 싶어했던 나라*. 티베트 만트라적인 극저음의 목소리throat-singing와 민속악기로만 연주하는 투바의 그룹 훙후르투는 외로운 고아의 목소리로 혹은 초원의 푸른 풀이 자랄 때의 목소리로 노래합니다. 스스로 고립을 원하면서 자유로운 유목의 음악은 전언에 가까울 만큼 독창성을 보여줍니다. 그네를 흔들며 맨발의 만트라를 생각합니다. 무속의 인간관에서 사람은 그가 속해 있는 세계와 더불어서만 사람입니다. 이곳에 있었던 당신은 당신이기도 했고 나 자신이기도 했고 분리와 경계가 없는 물활론物活論의 어떤 그림자이기도 했습니다. 내가 본 유목의 주인, 그는 벽에 대한 매우 상세한 묘사를 가지고 있었습니다. 인간과 함께한 벽, 밤을 화부火夫로 만드는 벽, 당신은 처참하군요, 라고 말하는 벽, 물위로 올라서는 벽, 불 속으로 가라앉는 벽, 번식하는 벽, 듣는 벽. 그것들을 향해 살아온 나는 떠나고 살아갈 나는 도착합니다. 나선형 바람이 식물의 귓전을 스쳐가고 줄기 끝은 그걸 닮아가는 계절입니다. 어쩌면 나는 바닥에 하나하나 검은 돌을 깔고 그곳에서 보내던 마지막 밤이었어요. 당신이 내게 식

---

* 랄프 레이튼, 『투바: 리처드 파인만의 마지막 여행』.

물의 말을 가르쳐주었으니 이번에는 내가 당신에게 애칭을 붙일 차례. 발목이 아름답던 호수를 거닐며 아마 당신과 나는 헬레나 노르베리 호지에 대해, 서부 히말라야 고원과 생태적 지혜를 알고 있는 공동체의 삶에 대해 말했을 것입니다. 라다크에 오래 머문 헬레나는 불과 40년 정도 후 지구 위의 동물은 애완동물과 쥐나 도둑고양이 같은 기생동물 그리고 인간만 남을 거라고 예견했습니다. 인간이 자연에게 가한 폭력, 인간이 인간에게 가한 폭력, 자연이 인간에게 가할 폭력, 자연이 스스로에게 가할 폭력. 더럽고 좁은 길만 남겨진 지도는 이 유목의 마지막 지도이고 난 당신의 애칭을 10월까지만 생각할 것입니다. 한여름 증발의 냄새, 반복에 불과한 인과들, 이건 태몽이며 악몽이고, 촘촘한 밀짚모자를 쓰고 밀밭 길을 걸어와 내 과오를 지적하는 두근거림이고, 박제사로서의 흉내내기입니다. 평생 아무것도 자기를 위해서는 장식해본 적 없던 죽은 구름에게 다가가기 위해 여름 조개의 무늬들은 허망하게 모래 구멍 위로 떠오르고, 내가 딸들에게서 믿고 싶은 것은 오직 냉소뿐이었습니다.

# 붉은 겨울

나는 나를 아껴요, 내가 진홍색 별을 삼키는 모습을 지켜봤거든요. 여자애는 허약하고 선의를 몰랐다.

별 없는 밤을 떠다니는 몽마의 바람을 만나기 전에 엄마는 대장장이였다. 쇠는 꺾일 수도 찢을 수도 부술 수도 있다는 점에서 엄마는 자기가 쇠와 같다고 생각했다. 전생에서 전생으로 회귀가 거듭되면 그 씨앗은 반성문을 쓰기 위해 줄지어 앉아 있는 아이들의 맨 앞줄 같을 것이다. 허공 끝쪽 어딘가에 잠사蠶絲의 유성은 옷소매를 접고 자흔투성이의 팔목을 꺼내 보여주었다. 겨울까지 끈들은 너무 슬프게 끊겼고, 손 붙잡지는 않았지만 우리는 서로의 엉킨 매듭에 대해서는 너무 잘 아는 사이. 유성 폭우가 쏟기는 밤이다. 헐거운 날을 택해 키 큰 목련을 더러운 붕대처럼 풀어놓고 자비심 없이 비웃던 동네들. 거기서 베갯잇을 흔들며 딸들은 오랫동안 숨어 지냈던 은신처가 하나둘 사라지는 것을 바라볼 수밖에 없었다. 엄마라고 불러도 괜찮은 사람들 곁에서 그애들은 망치질 소리에 자기 팔다리가 반듯해지는 것을 행복하게 바라보았다. 춥고, 풀무질에 불이 살아나고, 딱딱한 거푸집에 뜨거운 꿈을 부어넣기엔 알맞은 침소다. 낡은 집들이 모여 있는 산턱의 겨울까지를 딸들은 친구라고 불렀다. 꿈에서 내가 벼렸던 쇠붙이들은 오직 나를 위한 농담이었다.

침소로, 진홍빛 새가 부리만 남긴 관목 숲의 침소로, 나지막이 숨쉬는 나는 불친절한 사랑을 건넜다. 문앞에 쌓인 반송 우편만 빼고는 모든 게 다 걷기 좋은 기후의 소로小路였다. 지난밤에 나는 동종 혐오로 가득찬 전생前生의 수첩을 주웠다. 팽이에 줄을 감는 아이의 손가락이 그 수첩에 적힌 첫번째 하루일지도 모른다고 생각했다. 너희만큼 슬픈 건 세상에 너무 많고, 그걸 구멍난 주전자라고 표현하는 건 세상에 더 많다. 따끔하고 애정 어린 말만 나누며 우리는 빨간 크레용으로 까칠까칠 가시 달린 태양을 그렸고, 긴 계단을 오를 땐 가장 먼저 웃는 녀석을 아래로 밀었다. 나를 추하게 비추던 거울 앞까지는 이제 겨우 한 걸음. 그곳에서라면 나를 빼거나 더할 수도, 나를 향해 똥 눌 수도 있었다. 겨울의 부빙浮氷을 따라 침소는 여기까지 걸어왔다. 근친상간하는 기분이라고 네가 말했고, 엄마와 딸이 함께 태어난 그날은 아무도 장갑을 벗지 않은 거울 속의 겨울.

학생용 탁상을 하나씩 들고 겨울은 별 없는 밤을 배웅한다. 현생은 전생에 나눴던 대화니까 지루할 수밖에. 아마릴리스 어미 구근을 16등분으로 갈라 새끼 구근을 만들면서, 색 조견표를 꺼내들고 겨울의 빛깔을 알아맞히는 놀이를 하면서 내 연민은 모든 색깔을 걸었다. 속음해줘야지, 라고 생각하는, 늘 시들고 늘 설렘이 없던 겨울. 엄마에게 회초리로 열심히 맞을 땐 엄마의 표정도, 내 표정도 서로 바꿀 공간이 없었다. 그리운 곳이란 건 그립지 않은 곳에 있는 거라고, 거울 건너편의 내가 내게 말하는 꿈을 꾸었다. 지나치리만치 완곡한 표현으로 거울은 내게 동조했다. 일요일엔 흩어진 구름을 다듬기에 바빴고, 월요일엔 똑같은 표정으로 울었지만 똑같을 순 없었죠, 얼음 같은 표정의 엄마가 돌아왔거든요. 그건 시작될 때의 사랑이었는데 왜 반드시 마지막에 가서야 서로를 허가하고 서로를 면담하는지 알 수 없었다. 겨울은 우연을 사랑하지 않아서 건너기 힘들었다. 짧게, 암담하게, 아이들은 손가락권총을 겨누고 자기 자신을 쏜 날을 회상하며 그렇게 거울과의 거리를 견뎠다.

# 산 자의 인력, 죽은 자의 척력

### 종묘제례악 宗廟祭禮樂

## 대악필이 大樂必易 대례필간 大禮必簡

　　『예기禮記』의 「악기樂記」 중에 이런 말이 나온다. 대악필이 대례필간. 대악大樂은 반드시 쉽고, 대례大禮는 반드시 간단하다. 아버지가 뜨거운 길바닥에 시멘트를 부으며 덤프트럭 안에서 잠깐잠깐 조는 사이, 바람은 조금씩이라도 발을 굴렀고, 여러 관종의 그늘이 그 소리를 뒤따랐다. '아들에게. 이곳은 뜨거운 열사의 사막이다. 아랍인들이 기른 푸른 콩을 먹었다. 공부 열심히 하고 건강해라'라고 쓰인 중동발 엽서 한 장을 받았다. 대악이 반드시 쉬운 것인지는 확신할 순 없지만, 역시 대례는 필간이어야 한다고 생각했다.

# 왼손의 약篇, 오른손의 적翟

종묘제례는 말 그대로 제례祭禮다. 제례는 죽은 자를 기리는 의식이고, 제례악은 그 의식에 쓰이는 음악이다. 죽은 자를 만나는 자리에 흐르는 한없이 느리고 엄격한 음악 양식을 가진 제례악은 종묘제례와 문묘제례로 나뉜다. 종묘제례는 조선의 역대 왕들과 국가발전에 공헌한 문무대신을 기리고, 문묘제례는 공자를 비롯하여 그의 제자인 안자, 증자, 자사, 맹자와 우리나라의 유학자 설총, 최치원 등 명현 16위를 기린다.

형식적으로는 조선 세종 때 궁중희례연에 쓰이던 보태평保太平과 정대업定大業, 이 두 양식이 하나로 합쳐져 하나의 종묘제례를 이룬다. 제례악은 편종, 편경, 방향方響과 같은 타악기가 주선율이 되고 여기에 당피리, 대금, 해금, 아쟁 등 현악기의 장식적인 선율이 부가된다. 이 위에 장구, 징, 태평소, 절고, 진고 등의 악기가 더해지고 최종적으로 가사가 얹힌다. 1462년 정형화된 이후 틀을 거의 그대로 보존하고 있다는 점에서, 500년 된 옛 노래를 원형 그대로 들을 수 있다는 것은 실로 흥미로운 경험이기도 하다.

사실 제례악을 음악 자체로만 이해할 수는 없다. 정해진 장소여야만 하고, 정해진 의복과 정해진 동선도 필요하며, 악기, 문무文舞와 무무武舞, 음식이 정해진 것은 물론이고, 정해진 '사람'들조차 필요하다. 모든 게 정해진 것뿐, 이 고답적이고 폐쇄적인 형태의 제사 양식을, 그러나 나는 음악 그 자체로 듣는다. 제례악의 중심에 놓인 유교라는 근본개념에 관심이 없을뿐더러 왕의 선덕을 기리는 가사 내용도 마뜩잖고, 효孝와 예禮가 음악에 어떤 식이로든 개입하는 것을 동의하지 않기 때문이다. 대신 내가 주목하는 것은 유례없이 철두철미한 구성 양식, 긴 여음과 긴 공백, 현재적 시점에서 볼 때의 음악적 파격성 등이 죽은 자들에게 보내는 노래 형식으로 이루어져 있다는 점에 있다.

음악적 면에서 제례악(문묘, 종묘 모두)은 선율과 장단이 희미하고, 같은 길이로 일정하게 반복되는 음들의 연속만 존재한다. 거칠게 말해 단지 음색만 존재할 뿐이다. 또한 시작과 끝이 모호하며, 클라이맥스도 대단원도 없다. 종묘제례악이 장중하면서도 음악적으로 탁월하다면, 그건 바로 이러한 탈음악적인 현대적 양식 때문일 것이다. 삶은 드라마가 아니다. 개인은 시간의 연속 속에서 끝없이 반복되고, 어떻게 살아도 혹은 어떻게 죽어도 삶은 그저 하나의 밋밋한 고리일 뿐, 이라는 깨달음을 이 유례없이 독특한 음악은 소리로 보여준다. 무릇 삶과 죽음은 균일하며, 등가이며, 그렇기에 태어났으나 죽을 것이고, 죽었으나 태어날 것이라고, 제례악은 내게 말한다.

# 죽을 권리

어린 시절 나와 친구들은 무덤 파는 인부가 일하는 것을 지켜보곤 했다.
그는 가끔 우리에게 해골을 넘겨주었고, 우리는 그것으로 축구를 했다.

—에밀 시오랑, 『독설의 팡세』 중에서

각막 수술을 앞두고 그 사람은 강릉으로 떠났다. 여정이 막바지
에 다다라 우리는 기울지 않는 천칭처럼 똑같은 무게의 출발과 도
착만 양손에 쥐고 있어야 했다. 가끔씩 짠맛의 물을 마시며 태양
의 모든 어조를 도미노처럼 내 몸 위에 하나하나 세워놓을 수도 있
었다. 그걸 건드려 쓰러뜨리고 태양이 다음 계단으로 사라지는 걸
순서대로 바라볼 수도 있었다. 더러운 동네 골목은 역설도 한계도
없었다. 공중전화 부스 속에서 하나씩 나뭇잎을 떼어내던 여자애
와 변주곡 형식으로 대합실의 파란색 의자와 노란색 의자를 오가
던 남자애들. 그건 습성에 불과했고 그 수가 고정된 것은 아니었
다. 까만 수염과 흰 수염이 골고루 박힌 고양이는 너무 빨리 사라
졌기에 움직임보다는 무늬에 가까웠다. 마른 것과 젖은 것, 여러
가지가 숨어 지내던 흰 얼굴의 담벽과는 어떤 농담도 힘들었다. 가
장 많이 연구된 사례들처럼 뭐든 다 알 수 있고 뭐든 다 떠나간다

는 생각만으로 나는 대합실 앞에 서 있었다. 설치류는 사람을 사랑하지 않고 고양이도 사람을 사랑하지 않고 늘 언제나 한 뼘쯤 가벼워져서 나는 나를 사랑하지 않는 것과 내가 사랑하는 것의 도표를 그렸다. 종착역은 그런 것들이 견디는 자에게 어떤 영향을 미칠 수 있는지를 보여주는 좋은 예였다. 범람한 강의 흔적을 따르는 일은 아무리 흥미진진한 경우에도 많은 대화와 함께하진 않았다. 사람들은 그걸 '애도합니다'라는 말로 요약했다. 쓰레기 봉지에 얼굴을 묻고 그 사람은 자기 구토물의 냄새를 사랑하며, 과거로부터 찾아온 후생後生을 사랑하며 어느 정도까지 자기를 완성해낼 수 있을지를 궁금해했다. 사라진 듯 손과 발을 들여다보고 돌아올 것도, 돌려보낼 것도 많다고 그는 말했었다. 강릉은 하루의 두께를 나보다 더 많이 알고 있었지만 그건 물집이 생길 때까지 무작정 걷는다고 해서 편안해지는 그런 종류는 아니었다. 내가 한 번도 사랑해보지 못한 주광성의 세계들, 그 앞에서 희문熙文을 읽는다. 이대로 자꾸 전날로 돌아가기만 하면, 가끔 웃을 일도 생기고 초를 태워 눈치챌 수 없을 만큼 느리게 나를 지워내야 할 일도 생길 것이다. 그게 내 희문이었다. 양손을 입가에 모으고 손나팔을 불던 놀이터의 알록달록한 광대 소년들은 바람 앞에서는 항상 정답, 식탁 앞에서는 항상 잘못된 대답만 했다. 그건 내가 아는 첫차와 막차의 시간과 같았다.

강릉 가는 길에는 소멸이라는 한 겹과 복원이라는 한 겹, 단 두

겹만의 세상이 존재했다. 긴 시차를 두고 택지와 공업지는 서로 몸을 바꿔 입으며 서로의 흉한 상처를 자랑했다. 엄마 사랑을 독차지하던 개 나나가 반쯤 썩은 귀를 긁는다. 오늘 배운 것들은 밤과 낮에게 전혀 방해가 되지 않았고 조용히 서로 가던 길을 걸어갔다. 돌아가고 싶다고, 썩은 귀를 긁으며 어린 개가 운다. 집과는 다른 방식으로 숲은 그늘을 쌓았고 그건 쉽게 무너질 수 있을 만큼 위태했지만 누구에게나 멋진 이야기가 되곤 했다. 나는 되돌려 세울 수 없는 어떤 것을 기다리며 마주 오는 사람들을 향해 악수를 청했다. 기원과 대단원의 사이 어디쯤에서 저녁들은 형식만 빌려온 것도 있었고 형식을 버린 것도 있었다. 그들을 만나러 나는 또 하루만큼의 전날로 되돌아간다. 오늘 이 별의 바람은 목련처럼 희다. 사람들은 그걸 하늘의 뱀이라고 불렀다.

형식 없는 저녁을 만난 나무들은 다음 생에도 기약 같은 건 하지 않을 것이다. 나는 분포도를 그리고 싶었고 암호를 가지고 싶었고 여러 페이지를 한꺼번에 읽고 오독으로 내 이해 방식을 위협하고 싶었다. 무산無産과 유산有産의 중간쯤, 그 속에서 허약한 전구처럼 아주 오래 약시弱視를 즐기며 젖은 신발과 마른 신발을 골라내고 싶었다. 아물지 않은 나무의 생장점 한가운데를 향해 둥글게 말린 상처들이 몰려간다. 문답問答이 없는 강릉에서, 말꼬리를 흐리며 사사로운 감정으로 말 건네던 바닷가에서, 나는 손목시계의 바늘들에게 너무 많은 꼭짓점을 허락하고 곧 후회했다. 힘껏 당겨진 새총 끝에 아이들이 하루를 매겨놓고, 빠르게 날아가는 돌 하나를 새에게로 선물했다. 날아가는 돌에게는 오전의 유혹과 오후의 유혹이 동등했다. 친구, 풀다 만 질문들은 지금쯤 모두 칸칸이 자기를 가둘 방들을 가지게 되었다. 발등이 젖어 더이상 양지 녘으로는 걸을 수 없던 물결을 남겨두고 나는 강릉에서 돌아온다. 오전 불식不食을 고집하는 사람과 오후 불식을 고집하는 사람이 길 위에서 함께 밥을 먹는다. 전날은 복원과 소멸이라고 생각해도 옳았고 원과 마름모라고 생각해도 옳았다. 친구, 자기 꼬리만 쫓아서 같은 자리를 빙빙 도는 윤회를 생각하며 난 앞으로도 얼마간 그 지겹고 동그란 놀이를 계속할 작정이다. 슬프지만 그다지 멀지 않다. 본래 있던 자리로 구름과 물고기는 돌아간다. 떠날 곳 없다고 생각되면 비닐봉지에 손을 넣고 보이지 않는 손을 서로 어루만져도 좋았다.

## 환희기 歡喜期

내 나이 스물아홉. 똑같은 음조로 귓전을 배회하던 제례의 바다. 여름 사근진에서였다. 손가락 사이로 몰려드는 은빛 물결들은 시끄럽게 나를 재촉했지만 나는 그의 비늘 하나도 건져올리지 못했다. 노란 부표가 뜬 한계선 너머를 바라보며 저녁은 실물과 가장 닮지 않은 표정을 짓곤 했다. 죽음은 나에 대한 예의이며, 시원을 향하는 우회의 길이며, 산 자에게 찾아오는 마땅한 권리다. 스물아홉, 어디엔가는 '자살이 아름다워 보이는 나이'라는 오만한 문장을 적었다. 여름 사근진에서였다. 나는 서슴없이 슬픔 근처로 거슬러올라갈 수도 있었고 그러나 깊이를 몰랐다. 꽃이 피는 순서대로 그늘이 깊어졌지만 깊이를 몰랐다. 내 닫힌 바다의 나이 스물아홉, 당신은 기타를 치라며 내게 뭉툭한 조개껍데기를 주워주었고 둘은 정말 서로를 부끄러워했다. 찬란한 여름, 난 이제 스스로를 열쇠라고 생각한다. 추체험의 저편, 제례의 바다, 열리지 않는 문 앞에서 난 이제 스스로를 상자라고 생각한다. 스물아홉을 만난 건 내가 최초로 말하기 시작한 시기보다 이전의 일이었다. 따뜻하면서도 따뜻한 것들은 보여주지 않던 바닷가에서 식물들은 늘 밀폐형 구조로만 자기의 성姓을 얘기했다. 어디엔가는 '뜨거운 모래 위에 수많

은 바다거북의 알을 낳고 행복하게 죽어가고 싶었다'라고 거짓의
문장을 적었다.

## 배를 타고 태양에게로 떠나는 며칠

발에 차일 뻔한 명아주들이 오래 왕래 없던 내방객의 굽은 등뼈를 생각나게 하는 저녁이다. 흔들의자에 앉아 우리가 바라본 들녘은 허랑했고, 우리 이외엔 함께 나누어 먹을 수 없을 만큼만 빵을 구울 수도 있을 거라 생각했다. 또 돈이 없었으니까 길이 우리에게 많은 것을 베풀어줄 거라 생각했다. 빵 주름마다 빨간색과 초록색의 식용색소를 많이 얹어야 할 것 같은 날. 여름 내내 빨래하고 담배 피우고 좌파와 우파로 나눠 어느 편이 먼저 되풀이되는 말에게 도착하는지를 분분하게 식물들에게 설명했다. 장미가 말한 건 추측이었고 팬지가 말한 건 확신이었다. 부친의 후궁을 범하려다 귀향 보내진 한 왕족의 무덤을 오른다. 낡은 보면대 위의 악보는 내 옆으로 자리를 바꾸고 싶어했다. 어제는 모래를 쥐며 바닷물로 뛰어드는 사람을 보았다. 결어結語는 유년의 내가 현재의 나에게 분호각소리뿐, 오늘 나는 무덤을 오르고 나 이외의 것에 대해 가장 훌륭한 박수를 보낸다. 장미는 아픈 곳을 향해 가시를 뻗었고 팬지는 모든 허공을 향해 붉은색을 부풀렸다. 세상과의 만남은 유독 무익하고 불우한 것. 나는 기억하는 사람도 되었고 포기하는 사람도 되었지만, 기억을 포기하는 사람은 되지 못했다.

벽 저편으로 야간 여행을 떠난다. 하늘의 여신 누트가 신들의 세계로 온 어린 왕을 맞이하고, 사후 세계의 신 오시리스가 그와 그의 영혼인 흰 '카'를 포옹한다. 난 아직 가로등 근처에 서서 주머니에 찔러 넣은 손을 벽 저편의 여행자에게 꺼내 보여주진 않았다. 왼쪽 눈 근처에 큰 흉터가 있는 평화로운 얼굴을, 그 아래 달린 앙상한 팔다리를 내가 지켜주진 않을 테지만, 식食에도 불식不食에도 대가는 꼭 필요했다. 낯선 항구에 떠밀려와서야 빈병들은 발견됐고, 지금까지 발견된 것보다 가장 아름다웠고, 반짝이는 지붕에는 버드나무 가지처럼 길고 검게 늘어진 유리들이 달려 있다. 동안東岸은 서안西岸보다 늙었고 그러나 어린아이 같은 얼굴. 아크나톤의 정비正妃 네페르티티에겐 아들이 없었고 한쪽 눈도 없었다. 여름의 시절은 하늘의 종단면을, 겨울의 시절은 하늘의 횡단면을 흐른다. 배를 타고 떠나는 며칠 동안, 모래 바닥은 물결과 약속을 맺고 태양의 충고를 명심했다. 만무늬 나무상자처럼 닫힌 채 나는 아무도 모르게 토했고 가로등에게도 비밀이라는 대가는 꼭 필요했다. 오리온자리는 오시리스의 영혼이다. 계절마다 사후 세계를 만들던 오리온좌 아래 소년 왕은 저녁이면 양치질하고 매맞지 않기 위해 장난감들과 함께 느리게 옥상을 내려왔다.

# 죽은 자를 비추는 거울

나는 지금까지 내가 받은 중에서 가장 이상한 편지를 받았다. 그것은 9월 15일 23시 50분에 베아트리스가 출생과 동시에 사망했음을 알리는 카드다. 동봉된 편지에 아이의 어머니는 이렇게 쓴다.

"나는 그 아이를 며칠 동안 죽은 채로 몸에 담고 있었어요. 내가 그 아이의 첫 무덤이었던 거죠."

—미셸 투르니에, 『외면일기』 중에서

제례악은 죽은 자를 비추는 거울이자, 죽은 영혼을 살아 있는 영혼으로 인식하는 가상공간이다. 제의는 죽은 것들과 살아 있는 것들 모두에게 축문을 보낸다. 살아서 기억이 필요했고 죽어서 기억이 필요하다. 이 곡은 슬프구나, 사멸이란 단어를 골라주는구나, 태어나는 모습을 보여주고 늙어가는 모습을 보여주고 그 몸이 다시 태어나는 슬픈 꿈이구나. 맑은 오후에 이렇게 한없이 느리고 슬픈 곡을 듣고 있으면, 너에게 오는 세상의 친절은 없다고 풍경들은 나지막이 내게 일러준다. 그래 난 시기하고 있었어, 그러니까 애처로웠지. 출발은 없고 도착만 있으니까 애처로운 나를 비웃었지. 미래의 모든 시간이 간절하게 그립다. 미래로 향하는 종장終章을 읽을 때, 과거는 다시 모든 미래가 되리라는 것을 알지만, 그러나 이곳에서 충분히 부끄러운 것들과 놀았으니 그 보상쯤은 소망해도 나쁜 것은 아니리라.

병력病歷을 이해하기 위해선 먼저 이 별의 유복과 남루를 이해해야 한다. 여름 성도星圖엔 국자 모양 일곱 개 점만 계속 빙글거리며 돌아가고 있었다. 굳기 직전의 핏방울처럼 숲이 비릿하고 끈적하다. 더러운 진흙탕에 너무 오래 발 담갔기 때문에 내가 점찍어둔 이별과는 깨끗하게 만나지 못했다. 그림자는 남루를 잘 알기 때문에 강가의 버드나무를 끌어안고, 난 너무 더러웠어, 라고 말하고 싶었던 것이다.

누구도 기억보다 오래 절망하지는 않는다. 어떤 것을 상상해도 나는 식물처럼 상상할 수는 없는 것이다. 옛 편지들은 그래서 힐책뿐이었고, 불행에게도 다행에게도 똑같은 주소를 적었다. 눈부시게 계절이 대지를 채우는 날, 포플러 잎이 가끔씩 손 흔들어주는 걸 바라보면서, 제례악은 모두 잊어라, 그리고 채신없는 눈물을 한 방울 흘려라, 라고 내게 말해준다. 귓바퀴가 가만가만 울리는 숲의 소리 쪽으로 오목해진다. 초등학교 문방구 앞 미니 게임기 앞에 앉아 몇몇 아이들이 표정도 없이 대전 격투를 벌인다. 그게 너무 소중해 쓸데없는 골목을 너무 많이 사랑했다. 여름 사근진이었다. 유리병 속에서 물결치는 여러 빛깔은 살아날 것만 같아, 살아나 헤엄칠 것 같아 먹고 싶어지지 않았다. 마치 빈병처럼 바다는 이제 잊는다는 뜻의 물결로 가득해지고, 이제 착해진다고 생각하는 버릇은 버려야만 하는 것이다. 내가 애도를 지우는 방법은 그뿐. 친구, 우리 행복한 험담을 나누며 과거가 미래처럼 오기를 기다리자. 당신은 젖은 판지 같은 손바닥으로 온기를 쬐고, 유적지의 골각기처럼 바짝 마른 그림자 하나만 보살폈다. 그리고 미래로부터 과거에게로 내용 없는 편지를 쓴다: 버즘나무 아래서 당신과 나는 서로의 상자를 열어봅니다. 재미있는 장난감들이 많네, 하며 서로 상자 속을 들여다보는 이때야말로 정말 기대되는 시간입니다. 그것은 자장가, 그것은 흙, 그것은 죽은 우리. 그리고 최고로 나쁜 생은 진짜와 가장 닮은 생. 이제 그만 가야지, 무릎을 세우고 당신은 빈 그릇 속으로 들어간다. 처음엔 기억이 오고, 그다음엔 기억이 고치를 짜고, 그다음엔 기억의 유충들이 기어나왔다. 무너진 저 수평선의 모서리가 왜 가지런히 놓인 운동화 한 켤레처럼 서로에 대해 분명한 반대편을 보여주는 걸까? 편종을 울리며 죽은 자의 여름이 지나갔다. 왼손에는 약을, 오른손에는 적을 들고 들녘엔 코스모스들이 이물질처럼 빛났다.

## 산 자의 인력, 죽은 자의 척력

기억이 바닥에 이르는 인력이라면 시간은 허공에 이르는 척력
쯤이겠지. 저녁나절 승가에서 들려오는 긴 타종음처럼 오래도록
밤은 뿌리를 울리며 검게 나무들을 퍼올렸다. 소리에 깊이가 있다
고 말하면 깊이가 사라졌고, 소리에 넓이가 있다고 말하면 넓이가
사라졌다. 이리저리 뒤엉키는 골목을 앞에 두고는 상찬을 아끼지
말아야 한다. 어디에 있더라도 깊이에 대한 선호도가 높았던 그해
그늘의 자기 학대는 매우 인상적이었고 철저했다. 불안은 비유로
완성된 무늬니까. 지금부터는 내가 나를 향해 더듬더듬 기어가고,
길을 뚫어지게 바라본 뒤에야 가로등은 보호색을 가질 수 있었다.
연인이 남자애들과 밤새 술 마실 때 나는 뜨거운 폐유 같은 땀을
쏟으며 보잘것없는 살림을 보잘것없는 곳으로부터 다시 보잘것없
는 곳으로 옮기는 데 하루를 보냈다. 살아오며 나 자신을 수도 없
이 욕했지만 아마도 그 경우처럼 책망이 밝게 빛나기는 처음이었
을 것이다. 나는 잡았던 여러 끈을 조용히 놓았고 그것들은 곧 이
름이 없어졌다. 푹 삶은 후 속을 뒤집어 햇빛에 말리는 일. 그게 낡
은 신발을 사랑하는 순서이고, 가장 행복했던 순간의 즉석사진을
찢는 방법이었다.

제대로 못 먹여 애들이 전부 북어쾌, 라고 엄마는 옆집 아줌마에게 누나와 나를 소개했다. 문 안쪽에서 닫힌 것들의 공통점만 말하며 바람이 여름날의 개처럼 여러 번 털갈이 끝에 고요해졌다. 집나온 지 며칠째, 만나고 싶지만 지금은 행색이 너무 초라하다고 그사람은 말했다. 나는 화장실로 가서 한참을 쪼그려앉아 있었다. 눈물은 수축이 없고 팽창만 가진 이상한 물질, 허투루 쓰인 한 권 서한집이었다. 시시하고 평화로운 정오의 안팎이다. 참 오래 살고 싶은 하루였고, 집으로 돌아와 모자 위에 모자를 여러 개 덧씌우며어디론가 떠나야 할 때의 가족들 표정이 꼭 그러했다고 생각했다. 모든 게 후줄근하고, 허구에 잘 듣는 알약이었다. 다음에 태어나면내게 꼭 위로받을 때의 촉감과 무게를 물어봐줘. 생몰이 적힌 비석을 또박또박 읽으며 구름 같은 비녀를 꽂고 트레머리를 올려줘. 대례는 역시 필간이어야 한다. 마당의 숙근초만 아름다웠던 날, 하늘엔 구름 대신 굴뚝이 가득했다. 짧은 지도였고 양면 중 어느 한쪽은 반드시 잃던 여행이었다.

# 먼지의 절기들

Aster Aweke,
《Aster's Ballads》, 2004

## 시월

에티오피아의 여가수 어스터르 어워커는 건칠지불乾漆紙佛처럼 앉아 노래 부른다. 이보다 더 통속할 수 없다는 듯이, 이보다 더 깨끗하게 통속을 사랑할 수 없다는 듯이. 중국엔 선자불래善者不來 내자불선來者不善이라는 말이 있다. 선한 자는 오지 않고, 오는 자는 선하지 않다. 나는 이 말을 짝사랑했다. 꽃이 흐르는 느낌으로, 물이 마르는 느낌으로 깨끗하게 통속하고 싶었다. 파격도 실험도 없지만 삶을 놓치지는 않겠다, 라는 투의 노래들이 있는 법이다. 에티오피아의 여가수는 하루에도 몇 번씩 나를 위로하고 하루에도 몇 번씩 나를 타박했다. 아픈 척했지만 사실은 너무 답답했을 뿐이다. 단 하나의 방이 내 여행의 전부였고 그 방의 먼지는 선한 자는 오지 않고 오는 자는 선하지 않다, 라고 말하며 떠오르고 있었으니까.

## 십일월

다른 건 없다. 이건 거처와 여행에 대한 얘기다. 담벽은 창 바깥쪽을 어두운 포자로 채워나간다. 열린 문이 또 한번 열리면 그건 닫히는 것, 이라는 표현은 겨울을 가장 잘 표현한 구절이었고 나를 여러 번 식상하게 했다. 나는 또 외롭다는 뜻으로 굴뚝을 막아선 너무 많은 구름을 바라보기도 했다. 자란다는 건 연기라서, 아이들은 웃음을 조금밖에 허공에 날리지 않았다. 저녁 느티나무가 바람에게 여러 색깔의 종소리를 매달아준다. 느낌 없는 짧은 편지의 겉봉은 잘 찢기고 잘 아무는 입을 벌려 그리워했던 것들을 부서진 뼈처럼 쏟아낸다. 누구나 그런 시기가 있는 법이고 그 시기에 나눈 남향 창과의 친분은 오래가지 못했다.

## 십이월

　물밑 우림雨林 지대를 오랫동안 바라보았다. 해변가 마을에서 산 폭죽은 몸에 돋은 은회색 비늘을 하나씩 떼어내며 모래 위로 치솟았다. 남편이 죽은 걸 확인하고 여자가 뒷마당에서 개를 끓였다. 나의 가장 나쁜 생각은 떠오른 것들의 비늘이 다시 물로 돌아갈 수 없다고 여기는 것. 쪽지로만 말하던 사람들이 서로 손을 붙잡을 때는 물고기처럼 말한다고 여기는 것. 물가의 포플러는 늘 뿌리를 꺼내어 닦고 비늘을 하나씩 떼어내며 그게 어떤 색깔을 만들지를 생각했다. 서로에 대한 위로만 빼고, 겨울과는 함께해야 할 할일이 많았다.

## 일월

숨기 위한 용도라기에 안개는 너무 빛나고 가장자리가 미끄러웠다. 무덤은 살아 있는 사람의 것이 되기도 했고 죽은 사람의 것이 되기도 했다. 꽃과 술이 놓일 때도 있었고 모래 한줌이 뿌려지거나 검은 발자국이 남을 때도 있었다. 나를 압핀으로 고정시키고 오랫동안 달력은 나를 아무것도 적히지 않은 메모지 한 장으로 대해주었다. 그건 배려였고 난 매달리기 위해 노력하지 않아도 좋았다. 악력기를 쥐었다 펴듯 힘겹게 단정지으며 바깥세상은 매일 조금씩 강해졌다. 수많은 겨울의 이름을 이리저리 정초해본다. 많은 허공을 향해 솟구쳐오르면서도 가로등은 잃을 게 없었다. 단 하나의 명암만 골라내던 안개의 안점眼點은 이 기이한 곳에서 또 한번 서로를 위해 부끄럽게 붕대를 감아주자고 말했다. 상처를 감싸듯 흰 겨울을 여러 겹 두르고 소풍을 가자. 아니면 불쌍해질 때까지 막대를 땅에 꽂아두자. 그림자들은 가장 미끄러운 곳에서 나를 밀었고 달력은 흰 이를 보이며 내 손을 놓았다. 샤벨리강에 봄이 오면, 검은 땅에 소들이 발굽을 찍으면, 우리 중 가장 먼저 애 밴 여자를 생각하며 손수건을 빨자고, 흑인 여자는 말했다.

# 별자리의 산란기

Hawkwind,
《Space Ritual》, 1973

# 물구나무선 나무

아래를 향해 가지가 뻗어 있고,

위로는 뿌리가 뻗어 있으니.

저 높은 곳에서 빛이 우리에게 내려오도다.

—인도 경전 『리그베다』 중에서

집으로 돌아오는 길에 불교용품점에서 산, 거의 무취에 가까운 '단화丹花'라는 이름의 향에서는 옅은 색깔의 나비가 날아오른다. 긴 대를 하나 뽑아 불을 붙여두고 진녹빛의 긴 막대가 불꽃으로, 연기로, 향으로 몸을 바꾸는 것을 천천히 바라본다. 공기의 결을 따라 향연香煙은 방안을 떠돈다. 빛이 공간의 만곡을 따라 진행하듯, 향의 결은 서서히 엷어지며 허공 속으로 스민다. 사라지는 것과는 약속을 하기도, 약속을 어기기도 좋은 날이다. 무채색의 길들이 내가 감각하지 못하는 어떤 곳에서 꼬리를 말고 고요해진다. 되도록, 조용히 계절을 건져올리고 조용히 계절을 떨어뜨리자고 나를 다독인다. 내가 알고 있는 시간은 내가 침묵한 만큼 시계를 앞으로 돌려놓았고, 내가 걸었던 방향은 내가 진 짐의 무게만큼 뒤로 움직였다. 하나의 음계가 되어 향은 서서히 태엽처럼 풀린다. 소리는 변화하는 시간의 궤적을 기술하는 데 적절한 물리량이다. 단단히 압축된 향 한 자루가 서서히 연기로 풀리듯, 신생의 우주로부터 흘러나온 소리는 인간이 감지할 수 없을 정도로 느리고 낮은 저주파 파동으로 우주를 가로지른다. 아마도 그것은 가장 오래된 소리일 것이고 가장 오래된 시간을 알고 있을 것이다. 그렇기에 우주는 단 한 개 음계를 가진 거대한 악기가 된다. 가장 오래된 악기이고 누군가의 청각이 필요 없는 소리. 그걸 약속이라고 생각할 수도 있겠지. 그걸 나의 시계라고도 너의 시계라고도 말할 수 있겠지. 우주는 소리의 무늬로 서서히 멀어져가는 알 수 없는 방언이고, 스스로 존재하는 자웅동체임을 나는 느낀다. 경과점만으로 만들어진 팽창하는 그 세계는 스스로 초월하거나 스스로 존속을 꿈꾸지 않으며, 스스로를 확신하지 않는다. 어느 날 인간의 책상 위에 아름다운 기계들이 출현했고, 풍경을 울림으로 번역하는 사람들이 태어났다. 어떤 설명도 없이 몸을 통과해가는 하나의 소리를 모방하기 위해 공간은 오랫동안 소리를 기다려야 했다. 나무들은 물구나무서서 대지와 우주를 마중했고, 뿌리와 가지들은 허공에 쏟기거나 대지에 담겼다. 그게 소리의 방식이었고, 이 별의 운 나쁜 며칠을 닫힌 지도 속에 가두던 우주의 방식이었다.

## 무하유無何有의 마을

꿈속에서 나는 지구를 보았다. 밝고 새하얀 것이 떠 있기에 나는 그걸 손끝으로 조금 눌러보았다. 내가 알고 있는 것과 너무나 다른 물렁한 지구. 그것은 별이라고 하기엔 너무도 작았고 허공이라고 하기엔 너무 말이 많았다. 자세히 들여다보자 그 안의 얼음처럼 뾰족한 낱말들과 그 안의 저녁들이 마치 사물처럼 뚜렷한 윤곽으로 떠다니고 있었다. 난 그걸 지구라고 생각했고, 꿈속의 그것이 지구라면 내가 그걸 바라본 곳은 과연 어디였을까 의아해했다. 내가 어디에도 존재하지 않았으니, 그때 꿈은 나를 기록하는 모든 시간이 될 수도 있었다. 나무는 신의 형상을 한 뿌리를 흙 아래 가두고 인간의 형상을 한 가지로만 우주를 바라본다. 찰나라는 영매의 순간에, 내가 받은 신탁은 하늘을 향해 뿌리를 내리고 땅 밑을 향해 가지를 뻗는 한 그루 나무였다.

꿈은 무하유의 마을에서부터 시작된다. 구멍이 많고 그늘이 많고 바람이 많은 나무여서 그 아래서 즐겁게 놀았다. 지나는 바람을 넓은 벌판에 모두 심어두고 호수보다 깊고 차가운 나무 그늘에 손을 담갔다. 시간은 누구에게나 다르고 이곳에 온 자는 아직 자기가 여기 온 사실을 모르니, 나는 단지 내가 알고 있는 수많은 과거의 나와 서로 목례하며 지나치기만 했다. 무하유의 마을에서 깨진 화병이 다시 좁고 긴 병목으로 살아나는 것은 그 마을의 눈이 어떤 때는 짐승으로 오고 어떤 때는 객$_{客}$으로 오는 것과 무척 닮은 일. 지난해의 각오보다 더, 구름은 놀라울 정도로 침착하게 사람들을 상처 냈고, 내팽개칠 때보다 더 많은 관심이 그에게 필요했다. 어느 날의 꿈은 나에게 가장 높은 탑의 지옥을 허락했다. 길게 한숨 자고 다시 깨어날 즈음엔, 빠르거나 느린 시간을 향해 굳이 내 시계를 돌려놓을 필요는 없었다.

# 은빛 기계

호크윈드는 사이키델릭에서 시작해 스페이스록Space Rock의 완성과 그 정점에 이른 그룹이다. 우주를 표현하기에 음악이 얼마나 적절한가를 끝없이 되물으며 악절은 조금씩 변주, 반복된다. 1971년 발표한 두번째 앨범인 《In Search of Space》에서 그들은 스페이스록의 시작과 완성을 동시에 얻는다. 그리고 1973년의 《Space Ritual》로 정점에 이른다. 환각으로 가득찬 사이키델릭의 우주, 빛의 만곡으로 향하는 무채색의 소리들, 불화의 꿈과 가장 높은 탑의 지옥, 진공의 우주를 유영하는 환각의 경계들. 최면을 거는 밤에 나는 그들을 들으며 불가에서 젖은 발을 말렸다. 군인이 내게 길을 물었고 어떤 이가 연립주택의 입구에서 죽은 사람이 보낸 소포를 부여잡고 몹시 울었다. 이제부터 내 이름을 니 이름으로 불러줘, 그날 나는 대답할 수 없는 것을 대답했다. 부서진 시멘트 벽이 내게 겨울을 읽어줄 때까지, 밀랍인형처럼 무뚝뚝히 내가 다 녹아 흐를 때까지, 불가 곁에서 젖은 발을 말렸다. 오빠, 난 널 평생 증오할 거야. 뜨거운 비닐 지붕 아래서 우리는 화장실 사용 때문에 호呼년하며 싸우던 동네 여자들을 행복하게 바라보곤 했다. 오빠, 날 망치고 날 버린 가엾은 오빠. 무슨 교성이 이따위인지, 비 온 후의 무거운 공기들이 만드는 환청이었는지도 모른다. 그렁그렁한 햇살이 펼쳐진 보자기 위를 비례非禮만으로 걷는 기분이 이런 걸까. 바람이 사라진 곳을 향해 사진을 한 장 찍고 그 사진 속의 멈춘 허공을 바라보며 새들도 젖은 발을 말릴 불이 필요하다는 걸 알았다. 댄서인 스타시아Stacia는 별빛 속에서 춤추는 비눗방울이었고 그리고 결혼했고, 이제 허공으로 날아올라 자기를 함부로 터뜨리지는 않는다. 머리를 흔드는 건 채신없는 일, 모자에 깃을 꽂는 건 사냥철이 끝났다는 뜻. 깔깔 웃으며 나무들은 뿌리를 꺼내 불가 곁에서 불침번 서던 지난밤을 보여주었다. 검은 밤이 커다란 우산을 펼쳐들고 별과 우주를 향한 직립의 꿈을 꾼다. 존재하지 않았던 한 점에서 모든 게 탄생했고 존재하지 않았던 저편은 알 수 없는 것들로 가득차서 점의 무늬를 이룬다. 호크윈드는 향료들의 세계에 대해 좀더 자세히 말하려 한다. 여러 가지 냄새와 맛, 중력과 가속의 거울, 불은 연기 없이 타오르고 그건 눈송이와 똑같은 대칭성을 가지고 있었다. 그리고 실제와 상상이 무너지는 곳에서, 외부와 내부가 서로의 식탁에 초대받는 곳에서, 가장 넓은 접시와 그릇을 준비하고 그 위에 향료를 얹었다. 밤의 검은 안구 속을 날아 별점들이 죽은 곳까지 왔지만 거기엔 뚜렷하게 나빠지는 운세들뿐이었다. 한번 더 만지면 너는 숨겨진 신비의 세계를 보게 된다. 너의 영상은 네가 단지 꿈꾼다는 걸 안다. 색깔들이 바뀌고, 나는 직립했다(호크윈드, 〈You Know You're Only Dreaming〉). 황도를 따라 별은 흐르고, 허공의 모래톱엔 쓸려내려온 어두운 길로 가득했다. 그게 기원과 관련된 건지 종말과 관련된 건지는 알 수 없지만,

지금의 나는 그것이 겨울의 씨앗, 여름의 옷이라는 걸 안다. 그건 단지 불필요한 것이 없는 세상일 뿐이지 '멋진 신세계' 따위는 아니었다. 반원을 그리며 트랙 위를 돌던 내 벗들의 부유浮游는 채송화 씨앗처럼 공중에 탁탁 터지며 활강하는 동안만 성장하는 마음이었다. 어젯밤엔 들녘에서 서로 사랑하는 염소들을 만났어요. 그들은 등과 배로만 얘기 나눴어요. 비가 내렸었는데 그 비가 모두 염소의 발이 되는 꿈을 꾸었어요. 긴소매 옷으로 조금씩 탁자를 스치면서 빛이 처량하게 어린 숲을 떠돈다. 행복했고, 이마를 벽 모서리에 찧었고, 붉은 액체 따위로는 아무것도 속죄되지 않았다.

태양, 50억 년 남짓의 늙고 뜨겁고 착한 별에게 엄마, 라고 불러본다. 그 숲에서 나는 얼마나 많은 시간을 솜털을 날리며 혼자 뜨거워했을까? 그런 나를 잘 키울 자신이 있니? 나는 피식 웃고 여러 번 발을 굴렀다. 강나루에 묶인 수많은 돛배, 그리고 그 주변엔 구름과자맛의 끈끈한 여러 가닥 월요일. 매형의 달리아 분갈이를 조금 돕고, 옛 애인의 주소지를 한번쯤 배회했다. 좋은 시절은 아니었다. 수십만 킬로미터의 홍염 줄기를 가진, 행복한 원심력의 코로나를 가진, 내 초등학교 입학부터 고등학교 2학년까지, 11년 주기의 흑점을 가진 태양에게 내가 해줄 수 있는 일은 고작 눈 위에 손바닥 등갓을 만들어주는 것뿐. 줄곧 신발과 우산을 잃어버리면서도 그걸 열애라고 생각했지만 분명 그건 좋은 시절이 아니었다. 별자리의 여름과 겨울이 서로를 잘 여닫을 수 있으려면, 이곳의 불빛이 창틈을 넘지 못하도록 틈을 잘 막아야만 한다. 내가 떠나보낸 사람은 한번 구겨보기 딱 알맞은 상자, 구긴 후엔 나를 집어넣기 딱 알맞은 상자가 되었다. 조각 필름처럼 정지한 화면만 가진 비구름에게 나는 잃은 신발과 잃은 우산의 명암을 점차 어두운 것으로 바꾸며 보여주었다. 계절 중엔 떨어지는 낙엽만 밟고 걸어가야만 하는 운명도 있고, 늦게 도착한 지각생을 사랑해야만 하는 학교도 있는 것. 결혼한 스타시아는 비밀과만 놀고 이제 자기가 뱀이라고는 말하지 않는다. 딱딱한 겉을 만들며 젖은 발이 말라갔다. 별똥별을 보러 올라간 밤늦은 산길에서 나는 우주와 잃은 신발 하나로 연결되어 있다는 느낌. 잃은 우산과 팔다리를 함께 사용하고 있다는 느낌. 그들과 외롭고 엉성한 빗금을 그으며 똑같은 월령月齡을 지났고 똑같이 먹지 못할 걸 삼켰다는 느낌. 허공에서 두 번 공중돌기를 시도하는 서커스 소녀의 짧은 치마와 종아리 같은 우주, 그리고 그 주변엔 버려진 구름과자 막대로 몰려드는 개미들의 월요일. 진홍빛 혹은 핏빛을 뜻하는 여신은 다프네였고 그건 내게 스타시아와 같은 이름이었다. 그앤 어두웠을 때도 핏빛이었고 설득당한 것으로부터 치유받을 수밖에 없다는 걸 잘 알았다. 근시近視로만 소리는 무늬를 그린다. 가까운 것들은 만지면 또 먼 것이 되어 내 귀를 괴롭혔다. 내 흐린 약시弱視에게 태양, 이라고 불러본다. 내 뒤를 내 앞만큼 사랑해줄 자신이 있니? 나는 피식 웃고 여러 번 발을 굴렀다.

# 삭朔의 노래

자연이 방 한 개 크기 정도의 작은 공간을 만들어놨다면 우리는 언제나 세상이 유한하다고 믿었을 겁니다. 방 한 개 크기의 콤팩트한 우주의 한가운데에 제가 서 있고 영원히 꺼지지 않는 전등이 켜져 있다고 가정해 볼까요? 전등 빛은 공간을 가로질러 이동할 것입니다. 빛의 일부는 공간을 한 바퀴 돈 다음 제게로 올 것이고, 혹은 두서너 번을 돌고 나서 제게로 오는 빛도 있을 것입니다. 그렇지 않고 제 곁을 스쳐지나기 위해 영원의 시간이 필요한 빛도 있겠지요. 만약 제가 충분히 오래 기다릴 수만 있다면, 저는 모든 방향에서 저 자신의 형상을 발견할 수 있을 겁니다. 공간은 각기 다른 시기의 저 자신과 전등의 거짓 형상들로 가득차게 되겠지요. 마치 만화경을 들여다보고 있는 느낌일 겁니다. 제가 성장하고 늙어가는 모습을 제 눈으로 지켜볼 수 있는 것이죠. 그뿐만 아니라 제 형상 너머로 어머니의 삶까지도 지켜볼 수 있을 겁니다.

—재너 레빈, 『우주의 점』 중에서

이제 곧 삭이다. 허공은 빛을 여기저기 옮기는 수레바퀴 소리로 가득차고, 저녁은 심지에 불이 붙은 병을 움켜쥐고 길 저편으로 달려나갔지만, 그건 허공이 빛보다 적은 창을 가지고 있을 때의 일이었다. 색깔로부터 경계가 잉태되었다는 사실을, 안개가 희미한 경계 하나로 만들어져 있다는 사실을 나는 들어야 했다. 그때 안개는 신의 구두를 신고 있었고 계절 꽃보다 조화造花를 더 아름답게 간직하고 있었다. 이곳의 여름은 범람뿐이라고 내가 편지 썼지만, 나무들이 고백을 듣기 위해선 지금까지 열어둔 귀보다 더 많은 귀가 필요했다. 요즘은 등燈을 만드는 사람들과 만나고 다니지만, 등에 대해서 말한다는 것은 무척 어려운 일. 벚꽃이 필 때, 핀 벚꽃보다 그 밑에 돗자리를 깔고 앉은 사람들만 많을 때, 그때 좋은 등을 걸어두었다면 지금 이 겨울이 더 맑고 차가운 땀을 흘렸을 것이다. 난 등보다 등 만드는 사람들이 더 좋았고 물구나무서는 나무들은 알지도 못했다. 구름, 그들의 여행은 그냥 허공으로 오르기만 하는 것이니까 그 여행은 멋진 것이고, 물, 그들의 여행은 덩어리에서 파편으로 흐르는 것이니까 그 여행은 멋진 것은 아니라고 생각했다. 저는 철사와 전선을 꼬아 한 가닥뿐인 탑을 만드는 사람을 보았어요. 그건 딱 하나의 길만 택해서 떠나는 여행의 허탈함과 비슷한 기분, 저는 입으로는 흥얼거리면서도 졸음이 쏟아졌어요. 하구유역에 사는 사람들의 수가 지금의 두 배였을 때 연인은 강에 대해 말했지만 철사와 전선에 대한 비유는 적절한 것이 아니었다. 아니, 그렇게 말할 때의 나야말로 문어처럼 좁은 공간에 갇혀 자기 다리를 뜯어먹으며 매달 버티기만 하는 심정이었다. 나는 물고기 눈에 비친 바닷속을, 누군가 지난 계절 내내 지독하게 꾼 꿈속을, 위험하다고도 말하지 않았고 난치에 가깝다고도 말하지 않았다. 삭의 날엔 반성하기 위해 작별하기도, 작별하기 위해 반성하기도 어색하다. 마술처럼 벽 속으로 내가 사라졌던 밤, 내가 여러 개의 내가 되어 기형의 아이들을 낳기 위해 인상 쓰던 밤. 연인은 손끝으로 달을 가리켰고 그것의 푸른 등과 푸른 지느러미에는 냄새도 과거도 없었다. 나와 연인이 함께 꾼 꿈을 만㎞의 새들이 희고 차가운 알갱이로 이해할 수 있도록 바다가 구름의 손목을 잡아주기를 바랐다. 그건 내가 만화경을 태양에게 보여주던 날로부터 첫번째 별자리의 산란기. 에우로페가 시녀들과 해안에서 놀고 있었는데 눈처럼 흰 황소가 바다에서 헤엄쳐 왔다. 그 황소가 너무도 아름답고 순해 보여 에우로페는 그 등 위에 올라탔고, 에우로페는 황소의 아이를 셋이나 낳았다. 헤파이스토스는 태어나면서부터 몹시 약했고 어머니 헤라는 그것을 부끄럽게 여겨 올림포스산에서 그 아이를 굴려 떨어뜨렸다. 겨울 별자리엔 별 대신 그런 무심한 얘기들로 가득했다. 삼목이 우거진 골짜기인 별들의 겨울, 그를 처음 만났을 때 그는 해변가에서 더러운 음료수 병을 쥐고 흙더미처럼 생긴 자기 얼굴을 고요히 바닷물에 비춰보고 있었다.

# 거울 앞의 놀이들

Psychic TV,
《Force the Hand of Chance》, 1982

## 동등한 통점痛點

한 사람의 꿈은 모든 사람이 가지고 있는 기억의 한 부분이다.

—보르헤스, 「마르띤 피에로」 중에서

사람을 사랑해야지, 라고 말하며 나는 밤길을 걸었다. 인적은 없고 버려진 자전거는 검은 손으로 안장만 반짝반짝 닦고 있었다. 사람을 사랑해야지, 라고 말하며 나는 몹시 지쳐가고 있었다. 설탕이 먹고 싶었고 더운 내 등에 귀를 대고 싶었다. 내 그림자 속에 손가락을 넣고 등불은 혀와 코를 만든다. 여러 색 색연필로 채울 수 있는 것은 빈칸이 많은 일요일뿐. 아이들은 노는 일에도 번거로운 순서가 너무 많았고, 고리가 많은 외투 때문에 옷을 벗을 때도 옷을 입는 것처럼 보였다. 나라는 사람을 생각하면서 너라는 사람을 사랑할 때 불 켜진 간이화장실에서는 여자애들만 걸어나왔다. 문 두드리는 소리, 문패의 이름이 조금씩 바뀌는 소리, 엄마 뱃속에서 발가락이 자라고 그때부터 너는 물고기가 아니었다. 사람을 사랑해야지, 라고 말하며 나는 걸었고 등불이 내 그림자를 만질 때마다 눈이 생겼고 귀가 돋았다. 기억할 수 없는 것들만 꿈이 될 자격이 있는 걸까? 사람을 사랑해야지, 라고 말하며 나는 밤길을 걷는다.

진흙처럼 주물러 나를 다른 모양으로 빚고 발목까지 흰 비늘을 하나하나 붙이고 싶었다. 바구니에 담긴 빵을 허탈한 표정으로 씹으며, 씹을수록 열등해지며, 모두들 서로의 자줏빛 얼굴을 숨막히게 볼 수 있다는 것도 알고 있었다. 어느 위치에서도 동등한 통점만 가진 밤, 물방울 하나의 탄식만 가진 물고기를 마중하러 떠났다. 억양 없이 서로를 다독이면서, 모두들 길고 흰 소매의 지느러미로 춤을 춘다. 울음은 헤엄과 같은 것이고 앞으로 나가려면 온몸이 흔들려야만 하는 것. 이젠 해마다 우릴 위해 네 엄마 아빠에게 노래를 가르쳐야 할 필요는 없단다. 아이들의 놀이에겐 물에서 물결을 하나 빼거나 반대로 물결에서 물을 하나 빼내는 순서만 가지고 있었다. 사람을 사랑해야지, 라고 말하며 나는 양말을 벗어던지고 빛보다 빠르게 달리고 싶었다. 물방울 하나를 태양에게 건네고 물결은 노래의 비유로 흔들렸다. 둥글고 출구가 없는 밤, 엄마 뱃속에서 눈알이 포도알처럼 까맣게 자라고 그때부터 네게는 아무 요일도 없는 날들이 흘러갔다. 작고 빨간 사람이 예쁘게 물든 붉은 팔다리와 함께 다리 사이로 쏟아져나왔다. 그걸 사람들은 물고기라고 불렀고 지느러미는 신발이 없었던 때가 한없이 그리웠다.

## 사생대회

어느 해의 백일장과 사생대회에서 나는 무력감뿐인 종이 한 장 위에 지치지도 않고 비유만 반복하고 있었다. 나뭇잎 하나를 건드리고 그 소리와 무게에 귀기울였다. 삭제가 없는 문장은 나를 사랑해도 좋다는 뜻이었다. 또 띄어쓰기가 없는 건 남에게 질문받지 않겠다는 뜻이기도 했다. 고교 때 이후 하혈하기는 처음, 하체만 슬퍼하는 날이야. 애 언니가 그렇게 말했고 난 아주 가까이에서도 그 애가 그리는 낙서의 뜻을 알지 못했다. 심심하면 놀아주고 똥을 싸면 치워주고 짝짓기를 볼 수 있는 날까지만 난 스케치북에 잎사귀들을 그렸다. 아이들이 흙에 글씨를 쓰고 소리를 한줌씩 얻어온다. 생긴 지 얼마 안 된 무덤 곁에서 아이들은 발부리에 차인 돌들을 상대로 나이에 걸맞지 않은 농담을 나눴다. 어둡지만 않다면 저녁에서 까마귀를 골라낼 수도 있었다. 이제 내가 가장 잘 그릴 수 있게 된 건 그림자가 한 뼘 자라 태어난 곳까지 기어가던 곳. 이제 내가 가장 잘 묘사할 수 있게 된 건 높은 벽이 바람을 한꺼번에 밀어 떨어뜨리고 까르르 웃던 곳. 같은 크기의 뚜껑을 열고 닫고 열고 닫고, 애들은 결혼해서 이제 쓰고 그린다는 걸 잊었고 혼자 견디는 법도 잊었다. 그날의 산문 주제는 '강과 길'. 시상식엔 두꺼운 매직펜으로 막차 시간표도 적혀 있었다. 애 언니는 돌아갈 길은 돌아온 길과는 아주 다른 모습이라고 적었다. 그게 사실이란 것만 빼면 부족한 표현은 아무것도 없었다. 그날의 운문 시제는 '그곳엔 없는 강과 그곳엔 없는 길'. 내색하고픈 기분이었고 부주의한 애들은 원고지 칸에 밥알을 묻혔고, 따로 제목을 생각할 필요가 없었으니 따로 돌아가야 할 길을 생각할 필요도 없었다.

# 기이한 대상

사이킥 TV는 상황주의 철학과 윌리엄 버로스William Burroughs, 사드 Marquis de Sade 그리고 SF 작가인 필립 K. 딕Philip K. Dick 등으로부터 영감을 받아 곡을 쓴다고 주장하는, 그러나 다다이즘과 퍼포먼스가 더 중요해 보이는 그룹이다. 비디오 믹싱만 하는 그룹의 일원을 따로 둘 정도로 영상을 음악에 적극적으로 개입시키고 있고, 그래서인지 뮤직비디오와 라이브 영상은 작가주의적이고 파격적이다. 느리고 구슬픈 현악 연주에 얹히는 다소 애매한 철학적 단상, 거친 잡음과 어쿠스틱의 적요가 함께하는 무덤, 집단 무의식과 유령의 출몰, 이러한 것들이 그들의 총체적 시청각을 이룬다. 그리고 거기에 더해지는 퍼포먼스와 온갖 기행들. ('18주 동안 열네 장의 앨범 발표'라는 결코 자랑스럽지 못한 기네스북 기록을 그들은 갖고 있다.) 하지만 음악 외의 부가적 요소들과는 상관없이 (그 역시도 음악의 한 부분이긴 하지만) 나는 분열증과 분열증 뒤의 평화로 가득한 이 앨범의 정서가 마음에 든다. 그것은 자라며 주변의 이질과 공감하기 시작했을 때의 기분과도 같은 것이다. 고기를 매일 자연스럽게 먹는 식탁 앞의 가족들, 침대에서 잠드는 친구, 연탄 대신 가스로 방을 데우고 기름 대신 가스로 음식을 조리하던 집, 윗집과 아랫집이 존재하는 곳에서 살아가는 사람들, 한 번도 부모로부터 맞아보지 않은 애들, 부모와 농담할 줄 아는 애들, 송충이와 지렁이를 맨손으로 집어올리지 못하는 애들, 그것들은 동경은 아니었지만 충분히 신비로웠고 이렇게도 세상이 구성될 수 있다는 것을 내게 가르쳐주었다. 사이킥 TV의 음악은 극악과 극선 두 세계 모두를 내게 보여주었고, 진솔한 감정으로도 거짓말할 수 있다는 사실을 받아들이게 해주었다. "양자역학은 상식적인 관점에서 볼 때 터무니없는 방법으로 자연을 서술하고 있다. 그리고 그 결과는 실험치와 정확하게 일치하고 있다. 그러니까 여러분도 자연 자체가 터무니없는 존재라는 사실을 받아들이는 게 좋을 것이다"라고 말한 파인만의 어느 강의록을 기억한다. 여백과 밀집, 괴기와 평온, 실험과 정규, 나는 그들이 바라보는 세계를 진솔하다고 할 마음은 전혀 없다. 언제나 실험의 결과가 예상과 일치해야만 좋은 실험이 되는 것은 아니다. 그들은 자기 자신에 대한 좋은 관찰자였고 자기 자신에 대한 좋은 실험 대상이었다. 거울 앞에서 표정의 명도明度는 그렇게 서로 엇갈리고 어긋나면서 상相을 구성하는 것이다.

## 거울 앞의 놀이들

나는 세상에서 가장 긴 갱도를 가진 거울 앞에 서 있었다. 여러가지 하고픈 말이 많았지만 내가 하고 싶은 말은 내가 듣고 싶은 말과 조금도 다르지 않았다. 세상에서 가장 느리게 말 더듬는 추억앞에 서 있었고, 귀를 먼저 사랑해야 할지 입을 먼저 사랑해야 할지 허둥대고 있었다. 백일장과 사생대회에 초대받지 못해서 애들은 도화지 위에 동그라미와 가위만 계속 그렸다. ○를 그리고 이건내 얼굴! 그 위에 ×를 그리고 이것도 내 얼굴! 하루종일 자기만 사랑하는 놀이에 시간 가는 줄 몰랐다. 긴 꼬리의 편광은 묘목장으로 향하는 저녁의 걸음이 딱 한 개의 발자국이었다고 말했다. 나를 앞에 두고 이제 낡은 구두점 같은 건 찍지 말자. 그늘 하나 없는 눈부신 들판에서 거울은 잘 꽂힌 책등처럼 다양한 제목들을 가지고 있었다. 매주 화요일 3시부터 5시까지 장애인병원 이동 문고가 오면 낡은 거푸집 같은 눈을 하고 여자애는 종이 위에 손끝을 대며 고요하고 평화롭게 점자를 읽었다. 지난밤은 사구砂丘가 많았고 수평선은 이 빠진 그릇처럼 물을 쏟으며 자기의 흰 손가락만 건져올렸다. 나는 세상에서 가장 열심히 그림자만 적은 방학 일기를 적었다. 물결 모양의 등고선을 그리려면 좀더 많은 겨울이 필요했지만,

그 지도엔 겨울까지만 적혀 있었다. 견딘다는 건 제비뽑기와는 다른 일이었고, 문장을 적고 그게 의문인지 질문인지를 판단하는 일과도 다른 일이었다.

지루한 악절을 반복하듯 연주자의 손끝이 낮은 가온음을 울린다. 조금씩 나를 빗대면서 거울과 놀 때, 그곳은 알려진 게 너무 드물어서 핑계 대기에도 좋은 곳. 자기의 나이와 가족 모두를 잃은 아이들이 마음뿐으로 손끝에 붉은 물을 들이는 밤이다. 남은 양식과 두꺼운 희랍비극은 아주 조금씩 여러 개로 나눠둬야 겨울을 충분히 날 수 있었다. 정말로 운이 없었던 건, 떠나는 친구가 내게 엄지손가락을 치켜올려준 일. 나는 가뭇없이 드나들 수 있는 벽 하나를 알고 있었고 그 벽은 항상 무거워지는 식이었다. 팔리지 않은 가금家禽은 주인과 함께 집으로 돌아가고 거꾸로 매달린 여러 개의 목은 저녁의 모습 그대로였다. 그걸 적부適否의 경계라고 말해도 좋았다. 길 잃은 것이 아니라 단지 자기 자신을 숨기고 있을 뿐이라고 벽 안쪽은 내게 말했다. 그건 서설序說로 읽히지 않아야 옳은 것이었고, 비유로만 충고해야 옳은 것이었다.

## 시체들의 고백

사이킥 TV의 〈Message from the Temple〉이라는 곡에는 "가장 깊은 욕망, 환상, 동기들을 매일 탐험하면서, 모든 제한과 '실제적' 고려를 지우고 당신은 '완벽한 세계'와 '완벽한 상황'에서 행동하려는 것에 점차 주목하게 된다"라는 기묘한 가사가 나온다. 도무지 노래 가사 같지 않은 이 문구는 사실 무척 도덕적인 맥락에서 나온 말이지만, 나는 이 문구가 무척 즐겁다. 나에 대한 풍문을 즐기는 사람과 그걸 직접 전해주는 사람에게는, 어떤 말도 표정보다 좋을 수 없다는 걸 안다. 세상이 완벽하다면, 아니 세상의 어느 구석 중 하나라도 완벽한 상황으로 이루어져 있다면, 사실 그곳에서 인간의 의지는 불필요한 것이다. 인간에게 내재된 것들을 탐구하는 일의 목적은 균일하고 편평한 의식의 지평을 증명해 보이려는 이유는 아니니까. 버려진 자전거가 일요일 오후 근린공원에 심긴 사과나무와 고요히 미각을 교환한다. 물위에 떠서 번식하던 개구리밥, 먼짓덩이처럼 부풀어오르던 녹색말은 낮으로만, 남빛 물방개와 짧은 마디 실지렁이와 뭐 그 밖의 이름을 알 수 없는 생물들은 밤으로만 걸음을 옮겼다. 말판 위에 놓인 말들은 정해진 길로만 자기를 옮겼다. 자갈밭에 돋은 부들을 바라보며 함께 철없던 때를 보냈던 아버지의 이순耳順과 나의 이립而立. '두 명의 검둥이 아이들이 양지 쪽에 앉아 있었네/한 명이 타 죽어 한 명이 되었네/한 명의 검둥이 아이 혼자 남았네/그가 결혼해서 아무도 없었네.'* 아빠에게 외국 동요를 읽어주었다. 아빠는 웃었고 나는 비웃었다. 그게 우정이나 애정이라면 좋았겠지만, 그건 닮은 생김새의 두 사람이 즐긴 무관심이었을 뿐이었다.

너무 소중한 것은 가끔 꺼내어 먼지만 털어주면 되는 것이다. 깨지지 않도록 다락에 올려두고 그리워하기만 하면 되는 것이다. 거울의 맞은편은 내가 만진 용서와 나를 만진 용서가 다르다는 뜻이었다. 오랫동안 지낸 37-4번지, 그 취락지구엔 여름이면 네잎클로버를 줍는 아이들이 많았다. 그걸로 반지와 목걸이를 만들어 걸고 다니면서 엄마 없는 친구들끼리 서로를 시샘하며 골목을 몰려다녔다. 바람을 가장 먼저 발음한 나무들은 가장 늦게 열매를 만났고 숲은 설형문자만으로 바람에게 그 뜻을 전했다. 오후 일찍부터 개천 하류 물고기들의 폐사가 시작되었다. 물가로 몰려나온 밉살맞은 여자애들이 최고로 예쁜 표정으로 맑은 콧물을 흘렸다. 올해도 거울은 나 이외의 다른 무늬는 가지지 못할 것이다. 도돌이표의 규칙은 언제나 저녁에서 끝나 저녁에서 시작되는 것. 분하지만, 휴일이잖니? 네 서랍은 하얀 배를 둥둥 띄우고 죽은 물고기들이 하나둘 떠오르는 거울이잖니? 나는 그때 계절이 얼마나 수줍은 손가

---

\* 〈Ten Little Injuns〉.

락들로 가득찼던 것인지를 몰랐다.

# 축제/네크로필리아

Garmarna,
《Vittrad》, 1993

## 식목제

가난하고 지저분한 아이들이었지만, 눈알만은 정말 반짝였다.
다리 하나를 건너면 작년 이맘때 번개가 쏟아지던 곳. 주머니에 손
을 넣고, 같은 느낌뿐인 빈손을 쥐었다 펴며 다리를 건넌다. 지금
날씨는 맑고 하루 모두가 번개로 이루어진 듯 밝다. 늘 하루만큼
의 대낮을 만드는 번개. 담장 안쪽엔 물을 찾던 식물의 뿌리가 실
내화 한 짝처럼 버려져 있었다. 버려졌지만 버려지지 않은 것과 같
았다. 그건 출생에 관한 문제였고 걸을 곳이 단 하나인 길은 혼자
가지 말자는 믿음을 주기도 했다. 집에 돌아오면 방마다 불을 켜고
잠들기 전까지 TV를 켜놔야 하는 심정은 서로 비슷했다. 식목제의
날에 북을 두드리며 여자들은 가장행렬의 가장 앞에서 웃음거리가
되고 있었다. 다리 건너편의 마른 나무는 슬퍼 보였지만, 바라보기
를 그만두고 싶었던 적은 한 번도 없었다. 그건 쫓는 쪽이 아니라
쫓기는 쪽의 심정이었다. 산등성이에서의 육림育林 시간엔 소란한
노랫말을 꽁지깃에 매달고 홀소리만으로 새들이 날아오른다. 난
이제 구름이 허공에 어떻게 몰입하고, 또 사라지는 것들이 허공을
어떻게 인용하는지를 배운다. 태어나서 처음으로 구입한 두통약처
럼 그날의 태양 안에는 여러 개의 낱개 포장과 친절한 설명서까지

함께 들어 있었다.

## 네크로필리아

가르마나는 스웨덴의 전통민요에 포크 음악을 얹은 민속적 성향의 음악을 하는 그룹이다. 《Vittrad》는 1993년에 발표된 그들의 데뷔작이며 바이올린과 비올라, 플루트, 여러 종류의 하프, 지역 민속 악기를 차용해 독특한 울림을 만들어낸다. 초기 포크적 성향에서 현재의 테크노/일렉트로니카적 성향으로 나름의 길을 걸어왔지만 그 모던함은 오히려 초기 음악이 더 강렬하고 환기력이 크다. 스웨덴에는 성 루치아 축일St. Lucia's Day이라는 기념일이 있다. 눈眼의 수호성녀 루치아를 기념하는 날. 밀고한 이교도 약혼자에게 자신의 눈을 도려내어 접시에 담아 보냈다는 전설 속의 루치아는 눈병을 고치고 빛을 주는 사람이 되었다. 사랑받는 방법도 사랑하는 방법도 몰랐지만, 눈을 잃고 그것이 바라봤던 모든 밤을 사랑이라고 생각할 수도 있었다. 그날은 머리에 양초 화관을 얹은 소녀에게 선물을 받고 루치아가 하늘로 날아간 날. 먼지를 뒤집어쓴 채 유리구슬은 구석자리에서 소원을 가진 자가 말 붙이기를 기다리며 많은 점괘를 내놓았지만 그건 모두 겨울이 만든 색깔이었다. 가르마나는 음악과 더불어 가사에서도 구전되는 전래동화의 분위기를 차용한다. '붉은 털을 날리며 여우가 올 때/엄마와 딸은 서서 빵을

구웠다./좋아 보이는 회색 코트를 입고 늑대가 올 때/엄마와 딸은
서서 포도주를 쟀다./넌 우리에게 삶을 주지 않은 우리 엄마잖아?
지금 널 튀기고 먹을까?/넌 우리에게 먹을 걸 주지 않은 우리 엄마
잖아? 지금 널 튀기고 접시 위에 얹을까?/넌 우리에게 마실 걸 주
지 않은 우리 엄마잖아? 지금 널 조각내서 도살할까?'(〈벌받은 엄
마와 딸Sträffad Moder&Dotter〉), 혹은 '작은 아이는 아빠에게 엄마의 무
덤을 찾아갈 수 있도록 허락해달라고 말했다. 거기서 어떤 유용한
거라도 찾을 수 있다면, 찾아가렴'(〈계모Styvmodern〉)처럼 그 풍경은
잔혹 동화의 풍경이다. 잔혹은 축제가 되고 음악은 흥겹다. 순례를
멈추고 새 안내인들은 내게 소중하게 등을 보여주었다. 그건 허락
한다는 말이었고 길이 멀다는 뜻이었고 이제부터는 자기의 명령을
따르라는 뜻이었다. 모두 손을 잡고 등신대 주위를 빙빙 돌면서
그 상체는 불태우고 하체는 서로 나눠 들고 집으로 돌아갔다. 거기
엔 자기 딸을 빵 반 덩어리에 팔아넘긴 아버지가 있었고 팔려가 유
대인의 땅을 배회하기 싫어하는 딸의 이야기가 있었다. 물레질하
는 것이 금지된 밤에 편자를 쥐고 말들은 쥐며느리처럼 몸을 둥글
게 말았다. 신성은 사라지고 유희는 이제 제의를 잃는다. 기괴한
복장과 가면을 쓴 사람들이 보여주는 병든 손발의 인형극 무대 앞
에서 아이들은 괴로우리만치 느리게 침을 삼키며 손발에 묶인 가
는 끈들을 지켜봤다. 오랜 관찰에서 분명해진 점은 드물게라도 대
사는 없어지고 구석에 웅크린 불빛은 끈으로 움직이지 않는다는
것. 내게 아무데나 손가락질하게 하고 나를 경중경중 막幕 뒤로 데

려다주지는 않으리라는 것. 물을 저장하는 급수탑처럼 가로등은 많은 빛을 한곳에 모아두었다. 창턱의 난간과 그 어두운 무늬는 그만 가자고 말해도 조금도 움직이지 않았다. 너는 너를 향해 오고 있는, 저녁의 거대한 나무 그늘과 함께 커다란 구슬 목걸이를 하고 불필요한 외출을 나선다. 보는 걸 그만두게 하고 이제부터는 만지는 걸 겨울에게 가르치러 죽은 풀들이 이곳까지 왔다. 나는 뛰었고 계단은 나를 하늘로 떨어뜨렸고 이젠 잠이 없어도 꿈꿀 수 있었다. 그러니까 오늘부터 눈을 잃은 성녀의 축제. 물보다 얼음이 더 중요하고 낮보다 밤이 쓸모 많은 곳. 그곳의 짙푸른 사탕무밭으로 가서 빨간 뿌리들을 캐고 그걸 내가 그리워한 고향이라고 여기고 싶었다. 약혼녀의 눈을 받아들고 남자는 그 눈이 향한 방향을 향해 칼을 한번 휘둘렀고 자기를 상처냈다고 생각했을 것이다. 좋은 서랍은 나로 비롯되어 다시 나에게로 돌아오는, 단 하나의 귀소만 담은 것이라야 했다. 그래야만 달력 속의 날들이 좁은 칸을 견딜 수 있었고 그들을 타인이라고 부를 수 있었다. 여기는 죽은 별들이 쌓이지 않아서 참 좋구나, 너는 노인처럼 말했고 네가 괴롭힌 것들을 손바닥에 가지런히 올려놓고 원하는 걸 하나 고르라고 말했다. 가장 어두운 표정의 것으로, 가장 빳빳한 질감의 것으로 그중 하나를 고르고 우린 기약 없이 헤어졌다. 그걸 눈알이라고 말해줬으면 더 좋았을 테지만, 네 눈은 나를 바라보는 두 개보다 더 많았고 손바닥 위에 모여 서로를 바라보느라 시간 가는 줄도 몰랐다. 축제의 날에, 춤을 추는 여자들은 간헐천처럼 뜨겁게 여러 조각으로 흩어져 연기를 맛본다. 정신병동 소녀는 비둘기 날개가 달린 자기 등을 거울에 비춰보고 언제나처럼 자기를 쓰다듬었다. 청년들은 집을 잃었다. 비스듬히 기운 나무들은 자기보다 먼저 병든 자들을 일으켜세웠다. 작은 조각으로 겨울을 나눠 들고 하나씩 저녁을 비추면서 눈이 없는 루치아는 온 동네의 주소를 다 외우고 외운 집 앞에서 혀를 차며 주인을 불렀다. 장난감들이여. 팔다리가 다르게 달라붙은 불량품들이여. 여러 조각으로 분해하고 또 여러 개의 소풍을 떠날 사지들이여. 집 앞에 서서 루치아는 노래 부른다. 아이들은 골목 어귀에 모여 작전을 짜고 무기를 모으고 서로 사랑하는 것을 캐묻고 그걸 버리라고 위협했다. 마실 것과 먹을 것을 주지 않은 엄마를 튀겨낼 수도 토막 내어 도살할 수도 있었으니까 그건 결연해야만 했다. 가로등은 모닥불 주위로 한 번도 다가오지 않았지만 겨울을 뜻하는 단어를 적어도 수십 개는 알고 있었다.

## 공한지空閑地의 여름 축제

고통은 육체에 지속적으로 머무르지 않는다. 가장 심한 고통은 아주 잠시 머물며, 쾌락을 능가하는 육체적인 고통도 여러 날 지속되지 않는다. 반면 고질적인 질병은 육체적 쾌락이 고통을 능가하도록 허용한다.

—에피쿠로스, 『쾌락』 중에서

'네크로필리아'는 살아 있는 것보다 죽어 있는 것, 무생물에 흥미를 느끼고 그것을 사랑하는 성향을 말한다. 겨울의 공한지는 빨갛고 네모난 상자일 뿐이라고 그는 말했다. 가장행렬의 여자아이들은 한창 예쁜 모습으로 사람들을 박수 치게 했는데, 녀석들도 그걸 잘 아는 눈치였다. 웃는 자기 얼굴만 끝없이 이어붙인 조각보처럼 애들은 대충 훑어보고 그쯤이면 썩 훌륭한 배려라고 생각했다. 죽은 것들을 사랑하며 석영처럼 빛나는 눈으로 틀린 음정을 연주하는 겨울. 집은 그때부터 쭉 대합실의 모습으로 가족을 기다렸다. 막차가 도착하기만 기다리며 혼자 그 차의 승객이 되기를 기다리던 날이 대부분이었다. 너무 많은 창이 장신구와 문신처럼 박혀 있었고 그들이 만들어내는 영웅담에 귀기울였다. 초의 병약한 빛이 방바닥을 다 채우기 전에 나는 내 팔다리에 그림을 그리고 소리와 냄새로만 어둠 속을 구르게 할 것이다. 천으로 만든 가짜 엄마를 쥐고 자라난 실험실 원숭이들은 우울증을 견디지 못해 자신의 손을 통째로 씹어먹거나 죽을 때까지 머리를 난간에 박아댔다. 그게 손을 씹어먹을 만큼 깊은 병이었을까? 일과를 마감하며 사육사들은 피리를 불고 술을 마셨다. 너희가 나를 그리워하며 쓴 단어와 내가 너희를 그리워하며 쓴 단어는 정말 같은 어감이었을까? 어두운 골방 속에서는 청각과 후각만 자라고 벽과 속삭이며 겨울 축제철을 보내고 싶진 않았다. 가장 멋지고 근사한 폼으로 피부에 바늘을 박고 봉제인형처럼 부풀어오르면 수돗가로 바삐 달려가는 아이들 따위는 이제 부러워하지 않아도 되겠지. 서로를 그리워하며 썼던 단어 중 하나는 바닷가를 택했고 또하나는 전신주를 택했지만, 새들의 입장에서 그건 단지 냄새가 있는 것과 냄새가 없는 것의 차이였다. 창밖은 아직도 즐거운 하루, 함께 발가벗고 같은 칫솔로 이를 닦고 겨울은 골방에서 골방으로 순례할 때만 내게 그림자를 붙여주었다. 공한지에 가지런히 박혀 있던 어두운 말뚝들은 보모처럼 팻말을 안고 허랑하게 젖은 허리를 꺼낸다. 그곳은 빨갛고 네모난 통일 뿐이니까, 그곳으로 편지 보내도 상관없겠지. 여긴 자기 손을 씹어먹는 애들뿐이에요, 라고 적어도 상관없겠지. 성경 외우기가 취미인 할머니와 함께 화단을 다듬으러 나가서 민수기民數記와 신명기申命記가 완성되는 순간을 지켜보고 돌아온다. 풋, 나는 비웃었고 1년의 모든 날이 속죄일인 할머니는 마치 남의 손을 닦듯 자기 손을 닦았다. 이제 곧 바닥도 허공도 없는, 덜 마른 구름이 물위로 징검다리처럼 떠오

르는, 그러나 그걸 건너는 사람은 누구도 없는, 지루한 축제가 시작
될 것이다.

## 희생제

공한지는 꼼꼼한 손길로 뜨개바늘을 이리저리 얽으며 식물들을 짜올리고 있었다. 한낮은 늘 풍향계의 반대쪽이었다. 아이들이 감싸쥐던 손수건은 압정 같은 것이어서 떨어뜨리면 찾기도 힘들었고 갑자기 찔릴 수도 있었다. 우린 목판화처럼 똑같은 표정을 종이 위에 여러 번 찍을 수도 있었고 검은 다락방을 가진 태몽에서 강이 뱀처럼 길게 걸어나오는 것을 볼 수도 있었다. 녹말가루처럼 달고 투명하게 뭉쳐서 여자애들은 늑대와 여우가 문 두드리는 소리를 듣는다. 증명한다는 것은 허용한다는 말과 다른 것. 화병처럼 좁고 긴 목으로 멋지게 약을 먹고 침대에 누워 삐쩍 마른 다리를 친족들에게 보여주며 어리광을 부리면 그건 증명하는 것. 깜박깜박 느리게 켜지던 형광등 불빛을 벗어나 맨 처음 만난 것들을 도화지 위에 그리면 그건 허용하는 것. 옷의 긴 소매가 태양에게 걸어갈 때까지 아이들은 남성 4인조 '여왕'의 노래를 들으며 떠나온 고향을 생각했다: 모든 것들이여 안녕, 그런데 엄마 난 사람을 죽였거든. 어린 숲은 마개가 잘 닫힌 병처럼 자기 속에서만 평화로운 시절을 보냈다. 어두운 골방에서 상상만으로 떠오르던 태양은 뜨거운 수면 아래 수많은 물고기와 뱀을 풀어놓고 반짓고리처럼 아직도 뽑아

낼 많은 붉은 색실로 촘촘히 감겨 있었다. 가장 밑바닥에서 헤엄치던 것은 푸른 등갑, 딱딱한 갑골의 노래들. 폐가구처럼 이곳에 뿌리내렸을 때를 한번 생각해보고 떡갈나무는 값싼 손목시계를 여러 개 차고 제각각 다른 시간으로 팔을 흔들었다. 그들이 쓴 동화만큼은 친부모가 등장하지 않는 이야기이길 바란다고 벗이 말했다. 살아 있는 것을 죽여 그것으로 신에게 기복을 비는 '희생제'에서 돌아온 아이들은 계모의 식탁에 차례대로 앉았고 생닭의 잘린 머리와 닭 피의 색감을 소중히 기억했다. 무복舞服을 그대로 입은 채 아이들이 잠들 때, 그 빛깔은 점점 붉어지고 태양이 부서지는 소리가 들렸다. 돌아갈 길을 마련해두지 않는 축제는 여행이 아니라 순례였다. 여러 개의 손은 놓을 때보다 붙잡을 때 더 허무했다.

# 서랍 속의 생물들

Tom Tom Club,
《Tom Tom Club》, 1981

## 지렁이

　음악은 회상의 구조로 이루어진 연기들이다. 무정형의 형태로 존재하면서 그것이 뭔가를 짐작게 하다가 어느 순간 돌연 사라진다. 그것이 통속이어도 상관없다. 후일담은 말들의 겨울이고 계절은 그리움이 없으면 다음 계절까지 살아남을 수 없을 테니까. 내가 지금 어떤 후일담을 알고 있다면 그것은 겨울을 지나온 것이고 나는 그들에게 장갑을 선물하고 방울 모자를 씌워 기분을 좋게 해줄 수도 있는 것이다. 1977년부터 1981년까지(물론 그후에도 간헐적으로 계속) 그루브하고 모던한 댄스음악을 구사했던 토킹 헤즈<sub>Talking Heads</sub>에서 활동한 부부 크리스 프란츠<sub>Chris Frantz</sub>와 티나 웨이머스<sub>Tina Weymouth</sub>는 펑크와 힙합(지금의 색깔과는 다르지만, 그때의 힙합은 이런 것이었다)을 위주로 하는 톰 톰 클럽을 만든다. 음악적으로 그다지 눈여겨볼 것 없으나 누구에게나 잊기 힘든 그런 음반 하나쯤은 있을 테고, 나의 경우 그것은 톰 톰 클럽이었다. 어두침침한 무허가 골방으로 안내받아 LP를 고르다보면 금방 손바닥이 새카맣게 더러워지곤 하던 청계천의 '빽판' 가게에서 중학생인 나는 그들을 만났고, 그리고 지금까지 그들에게 고마운 감정을 느낀다. 내 방도, 용돈도, 오디오도 없던 시절, 한 장에 500원 하던

불법 복제판들 중에서 점심도 참고 저녁도 참는 대가로 그들의 첫
번째와 두번째 앨범을 소중히 사 들고 나는 신당동의 후줄근한 길
을 걸었다. 검고 둥글며 많은 소리 홈이 파여 있던 내 단 하나의
방. 친구네 집으로 가서 그것들을 들으며 나는 그게 행복이라고 생
각했고 지금도 그 믿음에는 변함이 없다. 그리고 비가 내리면 흙의
뼈처럼 보도블록 위에 검게 달라붙어 죽어가던 지렁이가 다시 흙
의 뼈로 돌아가는 것을 바라보았다. 보상하고 싶은데 보상할 방법
이 전혀 없다면 그건 사랑한다는 말과 같은 것이었다.

## 물고기

여기서 시작되는 얘기는 변화하지 않는 계절들에 대한 얘기, 여기서 끝나는 얘기는 날아갈 수 있지만 헤엄치는 것들에 대한 얘기. 난 동물원에 다녀왔고 더워도 땀이 없어 모래흙 위를 뒹굴거나 혀를 늘어뜨리며 체온을 참는 추한 표정의 동물들만 보고 돌아왔다. 그 여름에 우리는 골재를 나르는 어린 잡부들이었고 공사장 앞에는 요트를 띄운 풀장이 있는 넓은 단층집이 있었다. 모든 게 다 처음이었다. 벽돌을 등에 져본 일도, 잘못 디뎌 발등까지 뚫고 나온 대못도, 낯선 이에게 그렇게 심한 욕설을 들은 일도 그리고 돈을 받은 일도. 마치 지구의 공전과 자전이 영원히 멈추어버린 것처럼 언제 끝날지 모르는 대낮과 여름이 계속되고 있었다. 이 무더위는 또 얼마나 오래 지속될까? 태양으로부터 쏟아지는 태양광에도 소리가 존재한다는데, 이 여름은 너무 시끄러워. 일기예보는 맑음 뒤 맑음. 생각할 수 있는 것들은 내가 아직 깃털과 지느러미에 대해 알고 있지 않다는 것. 백사장을 좋아하지 않는 사람으로 태어난 게 얼마나 고통스러웠는지 난 말하지 않았다. 좁게 흐르는 강의 물고기들이 반짝였고, 흑인 영가처럼 단순하지만 깊게 새들이 깃을 털었다. 깃털과 지느러미에 대해서는 알고 있지도 않았고 그걸 사랑하는 법은 더 알 수 없었다. 우리는 책가방 대신 벽돌이 가득 담긴 질통을 메고 염소처럼 발끝만 바라보며 난간을 따라 한 층 한 층 올랐다. 내일까진 이제 아주 조금밖에 남지 않았다. 그게 바로 사유의 힘이라고 생각했다. 그때 엄마와 아빠는 거기 있었어. 거기서 떠오르는 나를 바라봤어. 도스토옙스키는 '다음 생이 있기에 슬퍼하지 않으리'라고 했지만, 인간은 다음 생이 있기에 슬퍼해야 하는 거라고 내가 반박했다. 벽마다 미끌거리는 그늘을 비늘처럼 붙이던 일요일. 나에게도 지느러미를 붙여줄 깊은 눈의 물결이 있으면 좋을 거라고 생각했다. 떠날 때의 7월처럼, 만날 때의 7월도 모질고 아름다웠다. 모래와 시멘트는 물고기 알처럼 서로를 붙들고 아직은 서로 이해하지 말자고 새끼손가락을 걸자마자 금세 딱딱해지고 있었다.

## 코뿔소

가로수들은 먼지를 뒤집어쓴 채 언제나 똑같은 얼룩의 울음을 남겼다. 분명히 이 근처일 텐데, 뇌까리며, 새는 젖은 발로 똑같은 하늘을 계속 선회하기만 했다. 저녁, 그건 약간의 기울기만 가져도 옷을 적시며 쏟아지곤 했다. 코뿔소는 시력이 약해 위기를 느낄 때 움직이는 물체를 향해 마구잡이로 공격을 한다. 움직이는 물체를 향해 달려가듯 우리는 골방에서 자기 자신을 향해 미친듯 달리며 헤비메탈을 연주했다. 언제나 지하에서 연주했으니 언더그라운드 음악이라는 말은 그때 우리에게 너무나 적확한 표현이었다. '지하'라는 장소는 매우 느낌이 좋은 장소이다. 바닥은 아니지만 그곳과 가까운 곳. 강력한 디스토션을 꿈꾸면서 열심히 휘두르던 팔들에겐 꼬리표도 없었고 방향도 없었다. 늘 눈부신 소음, 눈부신 빈 손들이었다. 무대에 서서 제발 욕하지 말라고 클럽 주인은 노래 부르는 녀석에게 얘기했지만 그 녀석의 욕은 줄지 않았다. 모두 웃으며 단단한 뿔들이 되어가고 있었다. 다음 곡은 포도나무에 대해서만 말하자. 그다음 곡은 세상의 끝과 가위를 사랑한 사람에 대해서만 말하자. 무대는 반짝였고 신발은 더러웠고 우릴 바라보는 객석의 아이들 입술은 더 더러웠다. 모두를 용서해도 너 자신만은 용서하지 말아라. 맨 끝 구절은 딱딱하고 갑작스레 끝나는 무정한 구절. 드럼을 치던 녀석들도, 노래를 부르는 녀석들도, 베이스를 치던 녀석들도 많았지만 이제 뭔가 음악 이외의 것을 하며 살아가고 모두를 용서해도 자기 자신만은 용서하지 못하는 사람들이 되었다. 코뿔소의 뿔처럼 딱딱한 각질의 손끝들을 만져보고 단순한 말이 왜 타인을 납득시키기엔 독약인지에 대해 생각한다. 사람들이 그걸 뭐라고 부르건 나는 그걸 '다카포D.C.: 처음부터'라고 부른다. 코 위에 돋거나 손끝에 돋거나 그건 아무리 봐도 서로 다르지 않았고, 처음부터 너무 많이 부서진 채 뿔들을 주고받았으니까 도돌이표가 있었지만 거기엔 돌아가야 할 곳이 없었다.

# 기린

　버스를 기다리다보면 어디로도 떠나지 않는 액자 구조를 한 구름을 만나게 된다. 로드무비의 반은 잎사귀와 고백의 낡은 필름. 난 몸 떨면서도 니들에게 내가 개어놓은 옷가지의 단정함을 보여줬는데, 제기랄, 니들은 나를 짓밟고 간다. 아이들은 자기가 발버둥친 만큼, 자기가 가진 투정과 무례만큼 거리를 걸어야 했다. 소나기 내린 뒤 포장마차 여주인이 간이의자로 불룩해진 천막을 밀어올려 비를 떨궈낸다. 또 떨어지게 될 줄 비는 아마 몰랐을 거라고, 비의 입장에서 기린은 얘기했다. 아름답고 질긴 당신의 가죽, 그걸 뒤집어쓰고 나는 밤의 가장 높은 가지에 매달린 잎새를 따먹었다. 검은 눈물을 뚝뚝 흘리며 비는 서로를 사랑하지 않는 방법으로 건널목을 건넜다. 우산을 돌려주기 위해 우산이 꼭 필요한 것은 아니다. 기린은 구름보다 항상 높게 떠 있었고 촛불의 작은 그늘이라도 그 안에 온몸을 전부 구겨넣을 수 있었다. 낮 동안 뜨거워진 구름은 천천히 식으며 양수표 만수위 눈금에 숫자 대신 검은 새들을 그렸다. 살아가면서 누군가에게 만족했다고 말하지 않게 되었으면 한다. 물병좌는 그런 말을 하기에는 너무 많이 쏟겼고 쏟긴 만큼 빈병들을 세워두기 때문이다. 구름을 내 운세에 적고 나와의 인연을 점쳐보기 위해선 꼭 흐린 날이 필요한 것은 아니다. 둔덕의 느릅나무가 내게 뭔가 하나씩 꺼내 보여주면, 그때마다 하나씩 서랍이 사라지는 소중한 꿈을 꾸었다. 높은 마천루로 올라가 주머니를 훌훌 털어 날리고 그걸로만 내 반성을 완성하려던 스물아홉. 7월과 만난 곳도 여기, 7월과 작별한 곳도 여기.

# 밤의 세공술

Kishori Amonkar,
《Samarpan》, 2003

## 끈 위의 세계

붉은 황혼에 가지런히 한 줄로 앉아 침묵하는 새떼처럼 우리를 위해 저녁은 단수와 정전을 마련했다. 내가 붙인 식물의 이름에게 용서를 빌러, 사죄의 달인에게 사랑한다고 말하러 가는 중이었다. 빨래들 앞에서 검은 물이 뚝뚝 흐르는 고해성사를 했다. 내가 행한 것과 내가 사죄하는 것은 마치 물과 물의 관계처럼 보였다. 천재 소녀는 문득 잊힌 것들이 사실은 자기를 위한다고 생각되었다. 피아노를 위하여, 허클베리 핀을 위하여, 꼬리를 칭칭 감는 덩굴풀이 사실은 오랫동안 사용하지 않은 가방에 담겨 있었다는 걸 알려주기 위하여, 열심히 종이에 불을 붙였다. 천재 소녀는 자신과 결별한 바다는 틀림없이 0이라는 값에 의해 가득차 있다고 생각한다. 가장 뜨겁고 위치가 없는 편지들. 읽을 때보다 소진되고 있을 때 편지 속의 문장들은 더욱 아름다웠다. 어쩌면 가장 매끄럽고 가장 손잡이가 많은 이별. 천재 소녀의 0과 과냉각된 우주는 마치 야구공과 출발지점의 관계처럼 보였다. 거의 알아볼 수 없을 정도로 여름은 아름답고, 작고 흰 공이 펜스를 향해 날았다. 우린 과연 서로 멀어지는 것처럼 관측될 수 있을까? 여름내 나의 물은 아무것도 담기지 않기 위해 태양만 바라봤고 겨울은 아주 오랫동안 아무것도 담기지 않은 잔을 내게 권

했다. 작고 흰 공은 0을 향해 날았다.

떠오르는 도서관의 장서를 증기처럼 바라본다. 내가 쥔 막대사
탕을 기준으로, 탄생, 그런 말이 있기는 한 걸까? 내가 달을 바라
본 만큼이나 눈물은 내 안의 월면을 오랫동안 들여다본다. 우린 우
연히 서로 닮은 줄을 고른다. 소리는 아침에, 대화는 저녁에.

## 뼈

오랫동안 인도의 음악가들은 개인적 음악 작품을 새로 작곡하지 않았다. 자신들이 연주하는 음악이 인간의 것이 아니라 신의 것이라 여겼던 때문이다. 1931년생. 노구老軀로 길게는 50분 가까이 쉬지 않고 앉아 노래를 부르는 키쇼리 아몬카르는 『빨강 머리 앤』의 마릴라 아주머니처럼 나무 꼭대기에서 불어오는 바람을 상상하진 못해도 바람 그 자체는 될 수 있는 사람이라고 생각했다.

혼자인 구두와 더 혼자인 구두를 골라내느라 하루가 다 갔다. 이미 죽은 나로부터 앞으로 사용할 계절들을 선물받았다고 생각할 수도 있는 것이다. 태양과 달을 신의 오른팔과 왼팔에 그려진 문신이라 여기며 죽은 등背 밖으로 그들이 녹아내리는 것을 바라본다. 그간 잘 있었니? 천재 소녀는 내게 말을 걸고 나는 너무 어려운 수식을 마주하고 있는 기분. 그간 내 손바닥 위를 오고 간 청찬과 엄벌들을 상상해본다. 겨울을 쌓아올리는 구조에 대해서라면 천재 소녀가 어떤 겨울보다 더 자세히 알고 있었다. 내 뼈를 가장 짙고 가장 넓은 안개로 생각하면서 혈액은 자기만 이해할 수 있는 지도를 그린다.

물고기라고 불러본다. 한껏 팽창한 음식물 쓰레기 봉지라고 생각하면서 귀여워 귀여워 소리지르며 따라 달려가곤 했던 겨울, 짓밟히는 동안만큼은 자기 발바닥에 단 한 번도 입맞추지 마라. 그렇게 충고해주지 못한 것이 후회스러웠다. 불빛은 멸종된 동물의 화석처럼 딱딱하고 선명한 뼈의 문자로 허공에 차오른다. 가장 고통스러웠던 건 태어나는 여행과 문자를 배워야 했던 여행. 문자를 배우자 내 이름들이 탄생하고 오직 문자만으로도 풍경을 목도할 수 있었다. 신이 인간에게 주었다는 첫번째 악기로 무허가 점포 속에서 늙은 노파가 노래를 부른다. 윤회를 다 그린 자의 수의壽衣는 강에게 뼈를 되돌려보내는 한 벌의 바람.

## 친자살해親子殺害의 밤

　오빠, 굴뚝 위에 죽은 작은아버지가 올라가 우릴 노려보는 게 보여? 다 피운 꽁초를 개량종 맨드라미 아래 묻고 침을 뱉는다. 언덕길과 평행선을 그리며 계절은 가장 섬세하게 음절과 음소 단위로 나뉘고 있었다. 끌끌 혀를 차며, 그런 무서운 얘기는 기억과 화해한 이후에 하자고 말한다. 그건 꿈이 없는 자의 특권이니까. 곤충 한 마리처럼 약하게 날개를 털며 월세방을 떠나왔는데, 이전과 그 무엇도 같은 것이 없는데, 나는 이번에도 내게 똑같은 신발을 신기고, 가로등에 대한 똑같은 열병만 앓게 하겠지. 하지만 고개를 돌리고 나를 대했던 그 많은 길은 수줍은 내 냄새를 아직도 기억할 것이다. 떠오르는 그네와 가라앉는 그네 사이, 시간의 화석에 어떤 것의 기억도 담기지 않기를 바라며 나는 내 눈을 버리고 태아의 눈을 뜬다. 어두워진 시야 속에서 나는 천 개의 눈을 가진 사람처럼 떠돌고 싶었다.

　강은 유수로 혹은 유빙으로 출발과 멈춤을 반복하며 마치 뭔가 대단한 게 있다는 식으로 바닥은 절대 보여주지 않았다. 나를 향해 가만히 웃던 출렁이는 귀기鬼氣들. 거의 다 왔다고 생각했는데, 잎

새 없는 활엽수 곁에서 또 자기가 길어지고 있는 것을 발자국은 슬
프게 깨닫는다. 오랜만에 집에 온 장남과 손님을 위한 저녁식사는
대활극으로 끝나고, 식사를 하면서 싸움을 바라본 것도, 싸움을 하
면서 식사하는 사람을 바라본 것도 처음이었다. 좀더 참으면, 머리
칼과 손발톱으로, 있는 힘껏 자기의 육체 밖으로 새어나올 수도 있
을 것 같았다. 식은 국물만 남은 접시 위를 고양이들이 걸어간다.
이렇게 아름다운 날에 내가 만진 첫번째 찻주전자는 가금家禽이 낳
은 알처럼 따뜻한 쪽으로 머리를 세우고 있었다. 이곳의 바람아 이
승의 방향으로 이어지지 마라, 길고 허망한 날의 나는 그렇게 말한
다. 풍향계와 푸른 귀리는 아무 방향으로도 자라지 않았다.


　오래전에 태어난 그는 소멸과 소생의 신이 되었고 그의 아홉번
째 화신은 부정의 입술을 가지고 태어났다. 서적 속의 그는 우리
모두가 천앙天殃의 비구름이라고 말했다. 대상對象은 어쩌면 생각하
는 것보다 훨씬 더 빠르고 쓸쓸한 것인지도 모른다. 나로부터 너에
게로 또 너로부터 나에게로, 얘들아, 모두 반가웠어, 철썩철썩 서
로 귀싸대기를 올리며 관용이 오고 갔다. 식물의 뿌리가 흙 아래
열병熱病의 형상으로 자라던 날. 반대편을 사라지게 하기 위해 자
기의 유골을 들고 사람들은 어두운 달 아래 모였다. 모두 이곳에서
저곳으로 이승에서 썼던 우울한 모자들을 연대기순으로 던진다.
시간 이전이 완벽히 재현될 수 있다면 인과율은 가치를 잃는다. 내
가 무엇과 만나기 전 그것이 무엇이든, 그것은 내가 지우려 노력했

던 것과 관련된 것이어야 한다. 물컵 하나도 다 채우지 못하는 헐한 노래가 구름으로부터 흘러나온다. 우리가 아는 모든 신은 눈물샘과 침샘에서 온 것. 구름은 흩어지고, 대상은 어쩌면 생각하는 것보다 훨씬 더 틀린 예측으로 흐르고, 나는 부정의 입술로 노래를 부른다.

# 포유哺乳의 시간

포유류는 꿈을 꾼다. 유독 나 자신을 걱정하는 눈물을 흘린다. 불운한 꿈을 꾸기 때문에 인간은 어디에도 없는 존재가 된다. 꿈은 나를 태고의 사막을 밟는 바람에게로 이끌고 간다. 인간이 생각할 만한 것들을 생각하면서, 장님새우가 된 느낌으로, 제발 눈 없이 행복해졌으면 하고 바라면서, 붉은 수박즙을 마셨다. 가장 느긋한 꿈으로 귓속이 가득찬다. 이봐, 까투리. 너는 영화를 보고 울지만 나는 울 때 영화를 본다. 오늘 나의 울음은 왠지 너를 진정시키게 하는 것 같다. 머리를 포니테일로 묶고 너는 태양과 태양의 장신구에 대한 긴 설문지를 작성한다. 잘 닳은 돌 하나, 태양이 돌고 있는 한 네 구두 끝의 서커스는 끝나지 않을 것이고 요술과 마술의 차이점이 설문지에 다 작성될 즈음엔 이곳으로 되돌아오지 않기 위해 너는 한 번도 쓰지 않은 칫솔을 꺼낼 것이다.

죽음은 삶에 대한 종교적 무언극인지도 모른다. 하룻밤 내내 계속된 1년간의 봉헌 같은 것인지도 모른다. 아리아Arya인의 묘지는 훼손되고 그늘은 깃털처럼 서로의 하늘을 향해 날았다. 마술을 완성하기 위해 태어난 것처럼 손발 없는 아이들이 태어난다. 진흙이

가라앉은 소沼에게 배웅의 길목은 이렇게 쩍쩍 달라붙는 발 밑창
으로부터 시작되는 것. 태초와 소멸의 시차를 생각하면서, 악력기
를 찰칵거리며 팔뚝이 굵어지면서, 아리아인의 훼손된 묘지는 연
처럼 떠오른다. 어이, 까투리. 가장 부러움을 사는 환경으로, 잔잔
한 통증과 함께 수술대 위에서 마취가 깰 때처럼 우리는 서로에 대
해 보다 매스꺼운 말을 나눌 수 있어야 한다. 보다 덜 훼손되고 보
다 덜 가려운 내 최초의 꿈은 한 글자도 이해할 수 없는 사람이 모
든 책을 다 읽는다는 이야기, 아니 하나의 꿈도 이해할 수 없는 사
람이 모든 꿈을 다 꾼다는 이야기였다. 모든 꿈을 다 꾸기 위해 사
람들은 죽는다. 이 비천함은 쥐들이 뛰노는 건초더미로부터 시작
된 것, 그리고 우리는 모두 비존재의 소유물.

## 밤의 세공술

'사실에 근거가 없는 일을 말하는 병적 상태'인 공화증空話症과, '한 사람의 정신이상자의 증세가 타인에게 감염되어 야기되는 정신장애'인 감응정신병感應精神病. 한때 나는 이 두 가지 증상을 모두 가지고 있는 사람이라고 생각했었다. 나 자신이 포유류가 아니라고 생각했고 그 병은 식물들의 증상과 똑같았기 때문이다. 병이 깊어지자 나는 엉겅퀴와 밀애하는 사람이 되었고 가장 암시성이 낮은 상태로 구름을 바라본다. 부운浮雲에 나를 눕히듯 달빛에 나를 맡기고, 그였을까 그녀였을까, 근대적 시선으로 나를 엿본다. 벽돌공은 딸이 주워온 마른 벼를 바라보고 눈물을 흘린다. 아가야, 제발 여러 해를 넘겨 살아라. 색깔 없는 혈액의 방에서 타인의 혈액과 같아지려는 방으로, 나는 펄프처럼 흐물거리며 쏟아졌다. 이제 곧 종이가 되기 위해 나는 얇게 말라가고 목마른 그림자들이 내 머리에 무언가를 기록하겠지. 천재 소녀는 이제 빛을 하나의 음파, 하나의 소리로 이해하기 시작하고 빨래를 하며 악기에 가까운 것이 되어간다. 한스 리퍼세이가 발명한 망원경 이후, 밤하늘의 모든 별이 드라이플라워 같아, 천재 소녀는 색깔에 대한 계산이 아직 자신의 수식에 모자라다는 생각을 갖게 된다. 하지만 나와 천재 소녀와 그녀의 수많은 방정식은 오늘도 여전히 달과 함께 옥상에 오른다. 우리와 달과의 관계는 불편하고도 지루하게 지속되고 누군가 또 달의 계단을 오른다. 이것이 내가 앓은 공화증.

집에서 가까운 산에는 자살바위라고 부르는 곳이 있었다. 산중턱의 깎아지른 암벽 위에는 간혹 구두가 한 켤레씩 놓여 있곤 했는데, 그걸 들여다보면 왠지 마음이 아늑해져서 어떤 사람이 구두를 벗어 가지런히 정리할 때의 마음에 주의를 기울이게 된다. 그때와 비슷한 심정으로 나는 전봇대 끝을 바라본다. 식물로부터 태어난 짐승의 마음으로, 우리의 머리는 모두 화환처럼 무언가의 시체 향으로 가득해지고 있었다. 가장 우울한 헌정물이 우리가 모르는 곳의 밤을 이곳에 가져온다. 밤은 단지 아름다운 유생幼生만을 생각하는 가장 추한 성체成體. 그걸 터널이라고, 자른 손톱들로만 이루어진 한 권의 편지라고도 생각할 수 있겠지. 이것이 내가 앓은 감응정신병.

밤의 나무는 최고의 순간이 체념에서 오는 것을 알고 있었다. 발인 오전 8시. 가족묘家族墓 언덕에서 염소는 따뜻하게 씹어 삼켰던 것들을 또 한번 따뜻하게 씹고 죽은 연잎 몇 장이 검은 물 아래 혀를 담갔다. 하관 오전 10시. 착종은 아름답다. 윤회를 중심으로 달과 천재 소녀와 나는 동심원의 가장 바깥쪽처럼 보였을 것이다. 이봐, 까투리, 나는 내가 쥔 이 약으로 나의 모든 과거를, 그것이 온 곳으로 되돌려보내겠다. 공화증과 감응정신병과 타인이라곤 나밖에 없는 친자살해의 밤. 모두 억지로 치유의 길로 나란히 솜을 물고 걸을 때, 무덤덤하고 지루하기 짝이 없었지만, 신비하게도 마지막 울음은 처음 쥔 장난감처럼 즐거워 보였다.

여러 줄 검은 선을 남길 테지만 연필처럼 닳지는 않겠다. 눈을 가지지 않은 것들의 각각의 사연은 참으로 그럴듯하여 나는 드디어 장미 한 송이를 들고 어둠 속으로 걸어가려 한다. 겨울이 눈 위의 발자국을 하나씩 되밟듯, 검은 선들은 별의 차가운 온도를 향해 팽창한다. 집시인 나무여, 너희들은 내가 떠돌이 개일 무렵 가장 천박하게 못매를 가했었지. 좋지 않은 조율의 노래와 함께였고 바람의 검은 줄을 생각하는 나는 그 많던 용서가 선악 아닌 것으로 자라고 있다고 믿었다. 당신을 아주 하등한 것으로 생각하게 되어서 기쁘다.

전나무 숲은 하루종일 바람 앞에서 자기를 뒤적였지만 그 안에서 들려오는 소리가 무슨 내용인지는 도무지 알 수 없었다. 사람들은 헐거운 신발에서 더 헐거운 발목을 꺼내고 있었다. 죽은 사람과 산 사람 모두의 물레를 가지고 있는 겨울. 내가 바라본 가로등 불빛은 우주 저편으로 사라지는 중이고 지금 바라보는 것은 가로등 위의 찔릴 듯한 검은 구멍들. 눈물과 구름 사이의 이상한 육교들. 인간에게 꿈을 보여주는 나무와 인간에게서 꿈을 뺏는 나무 사이,

바람은 오래된 편애처럼 희미하게 인간의 몸을 배회한다. 이런 걸 이방異邦이라고 부르는 건지도 모른다. 몽마 속의 남녀들, 내 잔잔한 고향 바다. 내 가장 소중한 꿈은 내 사지를 태우는 화로와 향로에 관한 것이었다.

# ······로 갔던 사람들

한유주,
『달로』, 2006


흐르는 물결 위로 허공의 무덤을 덮으며

그의 시들은 재가 되어 떠돌았다

—「죽음의 푸가」 중에서

**1**

한 개의 달은 천 개의 달을 이끈다. 숲의 어둠에 닿는 거미의 발처럼, 한 개 이상의 분기점으로 달은 자기 자신에게 인력을 건넨다. 그에 대한 거대한 놀이는 늘 감춰진 고백의 소도구들. 그의 어둠은 이빨처럼 줄지어 촘촘히 박혀 있었고, 아직 발화 지점을 지나지 않은 여러 번의 언어는 파도에 떠밀려온 오래된 거품 같았다. 그리고 시간. 무엇을 퇴화시켜야 하는지 알 수 없기 때문에 인간은 영혼을 믿는다.

가장 큰 집합체처럼 세상의 마지막 시간은 보편적 음악으로 가득차고 그 음악을 듣기 위해 사람들은 황금빛으로 따분해지려 한다. 나의 말은 이미 모든 유리병마다 가득찼으니, 참회의 방식으로 여러 번 회전하는 늙은 별의 말을 들어야 했으니, 문자의 죽음과 마주한 책갈피처럼 침묵과 충돌한다. 그렇지만 그는 뒷면이라고 부르는 나라의 언어를 아직 읽지 못한다. 지구가 하나의 막을 가진 누군가의 눈물이 되려 할 무렵, 아직 악몽이 인간의 것이 아닐 무렵, 책이 가진 확률은 그것을 쥔 자의 오독에 관련되어 있었다. 타인이 될 수 있는 단 한 번의 기회로부터 아이들은 영원히 떠나, 타인이라고 생각되지 않을 동안만 자신의 말을 꺼낸다. 어두운 책은 그들의 입을 가졌다고 믿어야 했다.

누군가가 '나는 흐르는 꿈속에서 정주합니다', 라는 제목의 메일을 보내왔다. 2, 3일 주기로 받는 같은 내용의 편지는 마치 나와 너의 손가락에 동시에 묶이는 붉은색 천과 같았다. 떨어져 뒹구는 더러운 목련 꽃잎처럼 달은 얼룩의 둘레를 넓힌다. 나는 오늘 그늘에 가장 집중한 눈을 가진 물을 한 컵 마셨고, 소리 나지 않게 그것을 다시 뱉었다. 얼룩처럼 그가 밤과 낮을 향해 무한히 넓어질 동안 나는 흐르는 꿈속에서 한 발자국도 움직이지 않는 삶을 택했다. 그곳의 폭풍조차 마치 유리처럼 깨끗하게 숲을 비추고 있었다.

두번째의 나는 좀더 많은 비밀로 발바닥이 아픈 사람이 된다. 첫번째로부터 그토록 노력했으나 상처를 만질 수 없는 손은 너무 깨끗하고 고결해서 결절과 손실에 가까웠다. 세번째의 나는 마치 나의 적처럼 행동하면서 기품을 잃지 않는 죽음을 원했다. 깃발이 흔들리기를 원했다. 거울의 층 같은, 바닥없는 소리가 귀에 가득찬다. 이뤄줄게, 네가 바라는 모든 것을. 뒤편을, 속박을, 폭풍 속의 빈 가지처럼 흔들리는 어둠의 혈족을, 바로 오늘을. 너의 동굴은 무질서하게 자란다. 깃발이 흔들리기를 원했다. 영영 검은 것이 되기 위해 붉은 눈을 치떴으나. 풍경은 모든 것이 되기 위해 영원히 엷어지려 하였으나.

그는 실패를 청한다. 신이 만든 가장 얇은 여행 속에서 그는 피부 위로 또다른 피부가 유리처럼 쌓이고 있다고 생각한다. 목 뒤에 탐스러운 검은콩들이 달리고 있다고 생각한다. 이리 와서 내 그늘에 너의 머리칼 전부를 다 담그고 점점 부풀어오르는 검은 콩깍지들을 바라보자. 하등한 나를 만지면서 너는 고등한 방법으로 포장을 푸는 방법을 나에게 가르쳐준다. 그리고 사라진 객실이 되기 위해 너는 달의 어둠들을 잡초처럼 뽑아 발치에 버려두고 있었다. 어둠은 천천히 말라가고 가벼워진다. 바람은 서쪽으로, 너의 실패는 뽑힌 어둠의 뿌리 속으로. 우리를 웃게 할 수 있다면 너는 실패의 모든 수단을 다 사용해본 셈이 된다. 처음의 시간은 항상 처음의 시간보다 늘어난다. 거꾸로 읽어야 유효해지는 단어를 반복하며 그는 말라붙은 뿌리처럼 간절히 물을 찾는 어떤 동굴을 상상한다.

## 2

　뼈와 연골은 몸이 들을 수 있는 맨 처음의 소리가 될 자격이 있다. 피아노의 건반처럼 바람은 검은 것과 흰 것의 조표調標를 가진다. 그것은 정격 바로크처럼, 푸딩과 젤리처럼, 응고되기 직전의 형태로 지붕 끝에 불어왔다. 나의 마지막 상자는 밤이라 불리는 뼈들이었고, 그것은 희고 길고 아름다웠지만, 그것을 감싸고 있는 노랗고 얇고 추악한 것은 늘 나를 저주스럽게 했다. 뼈들은 밤을 한 방울씩 포기한다. 불가사리처럼 수많은 돌기를 움직이며 마치 최초의 소리처럼 귀 없는 것들 옆을 몇백만 년이나 지나와야 했다. 최초의 양수가 터질 때처럼, 마치 피로 만들어진 빛처럼, 선악이 없는 것들 옆을 몇백만 년이나 지나와야 했다. 그리고 영혼의 육식이 시작된다.

　'공간의 끝'은 아직 공간에 도달하지 않았다. 어둠의 등곡을 타 넘는다. 인간은 미래에 의해 죽임을 당하는 존재. 물질의 범주는 침묵으로 얻어진 속도입니다. 그가 말했다. 아직 발견되지 않은 끝을 찾기 위해 그는 ……로 너무 먼 여행을 시작한 것인지도 모른다. ……로. 우리는 파탄에 젖어서 붉은색이 되고 가장 멀게 내부로 들어간다. 비굴한 자들의 안광眼光과 그들의 책을 사랑하고, 깨지기 전부터 이미 베일 수 있다는 걸 그 책을 통해 알았다. 창 안쪽에서만 자전과 공전을 하며 나는 달을 흉내낸다. 계단과 구두와 지하와 지상과 한국말과 외국말과 식용과 공업용을 생각하면서 나는 하루에 한 바퀴를 돌았고 창은 1년에 한 바퀴씩 나와 마주쳤다. 그동안 빨강은 노랑에 가까워지고 모두 허기진 모습으로 책을 탐했다. 흔들렸던 사람들, 물에 담겼던 사람들, 얇은 막에 거꾸로 담겨 한없이 어둠만 응시하던 사람들, 머리가 길고 배가 불러오는 사람은 가장 만나기 싫은 사람에게 줄 선물을 준비하기 위해 겨울 내내 털장갑과 털양말을 짜고 있었다. 처음의 소리는 보다 사교적이고 보다 형편없는 꿈을 꾼다. 속았다는 느낌을, 이젠 더이상 붉은색이라 부를 수 없는 색을, 아이는 복수하듯 자기의 온몸에 그려넣는다.

달은 육식하는 자들의 방랑으로 채워진다. 유목으로 가득 채워진 달은 허공조차 가끔은 사라지게 만든다. 떠나려는 자들은 잠자리 곁에 신발을 가깝게 두듯, 우리는 우리와 가깝게 있지 않다, 는 것이 그의 믿음이었다. 일정한 시선으로, 밀물과 썰물의 측량법을 가늠하며, 악惡의 나무들이 월면에 자란다. 수세기 전, 신과 인간이 함께 대지를 떠돌 무렵에, 유목민들은 붉은색 바람에게 영혼이 물들면 참을 수 없는 고통과 비자발적인 발기 현상 속에 흥분한 채 사망한다고 믿었었다. 달, 달에서 흘러나온 차갑고 붉은 물, 물, 가장 원시적인 배웅으로 사람들을 떠나보내던 달의 문장, 문장, 사람들은 침묵 속에서 침묵을 배우던 형벌의 최종 형태를 '기억'으로 받아들인다. 받아들임, 녀석들은 타란툴라 거미처럼 날카로운 어금니로 문 다음 강한 독을 먹잇감의 몸속에 주입하고는 녹아 액체처럼 된 내장을 마신다. 그런 방랑으로 달은 채워진다. 화인처럼 깊이 파인, 오랫동안 웅얼거린, 사람들이 ……에서 돌아온다. 원추형의 물음 형태로 그들은 나에게 이렇게 물었다. 내가 내 죽음을 바라볼 수 있는 눈을 가지고 있다면 그 눈은 살아가는 동안의 모든 익사의 냄새, 압사의 냄새를, 절명의 냄새를, 멸절의 냄새를 망막 뒤에 조금씩 모아두는 것인지도 모른다네. 그러면 그 눈에 담긴 액체는 어디서 온 것일까? 모든 죽음을 바라보는 액체는, 달과 태양이 만드는 인력과 척력처럼, 썰물과 밀물처럼, 유목을 만드는 뿌리 없는 액체인가? 나는 웃는다. 내 뼈가 붉은 피 아래서 여전히 나를 조롱하고 있다는 부끄러움 때문에 나는 세포벽이 있는 것들, 그들의 어두운 극장을 사랑한다.

**3**

그는 허공에 가득한 자기의 피를 고향이라고 부른 적이 있다. 그는 간혹 태양 뒤로 사라진다. 그는 간혹 태양 앞에서 사라진다. 사람들은 그걸 식蝕이라고 부른다. 좀먹을 식. 썩어들어가는 상처 식. 부종처럼 여름이 돋는다. 네 지문의 더러운 원들처럼 나의 태생은 끊긴 원 모양의 허공으로 가득차다. 떠날 때의 내가 이렇게 네게 친절해지려는 것은 나의 지탱이 더이상 너의 견딤에 어두운 구멍을 뚫어놓을 수 없다는 뜻이다. 그는 간혹 그의 뒤로 사라진다. 그는 간혹 그의 앞에서 사라진다. 몇 번이나 이곳에 다시 태어나더라도 그는 야금술사가 되려는 생각을 버리지 않을 것이다. 상상의 형태와 결별할 것을 기꺼이 준비하겠다. 나와 그는, 그리고 우리는, 어려서부터 너무 큰 신발을 신고 틈틈이 연애편지 쓰는 연습을 한다. 싱싱한 꽃과 함께 나와 그는, 그리고 우리는, 하나의 검은 즙이 된다. 태양이 삼켰듯이 혹은 태양을 삼켰듯이 나, 너, 그, 우리는 사라진다. 식입니다. 물고기들은 심해로 내려갈수록 눈이 멀었어요, 빛과 결별한 거죠. 달의 바다는 빛이 없는 곳이니 아마 그곳의 물고기는 앞은 물론 뒤도 볼 수 없겠죠. 그러니 달의 물고기는 헤엄치면서도 늘 멈춰 있습니다. 내가 불붙여둔 6월의 촛대는 뼈 대신 가시가 돋고 촛불 앞까지 헤엄치고 나서야 침착해집니다. 애타게 희미해지면서 소리는 그에게 처음으로 그렇게 대화를 청했다. 마치 마신魔神 베시엘에게 속아 인간 여자들을 만나러 가는 형벌천사처럼 태양은 그때 달 속에 숨겨진 채로 태양을 향했다. 그리고 첫번째와 마지막 달이 사라졌다. 나는 나의 밤을 충고와 얼음으로 채우지 않는다.

**4**

그저 달이 거기에 있었으므로 그는 떠오른다. 그저 기억이 그곳에 있었으므로 그는 파괴된다. 미완의 것으로, 매일 밤 나는 여러 아이의 손발이 내 피부 위에 돋는 꿈을 꾼다. 나는 숲?이라고 묻고 있었다. 하나는 결혼의 방식으로, 하나는 친구 맺기의 방식으로. 숲? 그것은 물레가 돌아갈 때의 소리, 혹은 상처 위를 흐르던 피가 말라가며 이제는 영원히 흐르지 못하리라는 예감. 나는 생각했지. 어떤 것은 이미 만들어진 것이고 어떤 것은 이미 만들어지기 이전이다. 숲을 옮긴이의 말처럼 책의 뒤쪽에 가져다놓는다. 닫히기 위한 가장 큰 문, 빈 껍질로 가득차 있는 저 식물 같은 돌의 이름은 무엇인가요? 무슨 목적으로 저렇게 창백하게 내 손을 허공 가까이로 끌어당기는 것인가요? 나는 그걸 내 뼈의 필기법이라고 부르겠습니다.

## 5

이 도시의 일상생활 양상은 모두가 무례와 퉁명과 가엾고 품위 없는 것들뿐이다. 이미 죽은 것에 대한 꿈으로 모든 날의 꿈이 채워지고 있는 걸 내 옥상은 쯧쯧 혀를 차며 불쌍하게 바라봤다. 그가……로 갔을 때 주위의 계단들은 모두 별사탕 모양으로 쏟아져서는 발끝에 툭툭 차이고 있었다. 이제부터 단맛에 대해서 더이상 할말이 없다는 생각 끝에 내 입은 더 많은 고결에 대한 발설로 가득찬다: 달은 달이라 이름 지어진 순간부터 한 발자국도 달과 가까워지지 않았다는 것이 내 결론이었다. 넘실거리는 산酸과 인燐의 시대는 까마득한 곳으로 사라졌는데 부식된 음악은 아직 이곳에 머물러 있다. 무능한 자들의 유능한 게임들, 오, 등식들, 나의 부등호들. 저녁이 되어 새들이 자기의 나무로 돌아가듯, 밤이 되면 시간은 자기의 편견에게로 돌아간다. 얇고 뾰족한 피를 흘리며 그 가지에 맺히려는 많은 별을 생각한다. 정지에 가까운 형태로. 바라보기를 포기한 눈처럼.

그는……로 갔다. 내가 벗어둔 모자보다 조금 더 먼 곳으로. 내 혀보다 조금 더 길고 조금 더 붉은 곳으로. 코피를 흘리며 아이들이 길바닥에 하나둘 쓰러지는 바로 옆으로. 대륙이 하나였다는 사실보다는 그 사이가 거대한 물로 채워져 있다는 사실에 더 많은 관심을 보이면서. 그는 한 켤레 구두 속에 자기의 모두를 구겨넣고 있었다. 이곳에서는 당신의 바다와 당신의 수많은 발을 묘사할 수 있는 언어가 아무것도 없는 건가요? 혹은 태어나 지금까지 /홀로/ /아무것도/ /불안한/ 축약을 배우지 못한 것인가요? 미안합니다. 저는 멸절로만 채워진 방입니다. 노래와 도형처럼, 혹은 아프리카 발톱개구리처럼, 먹이가 부족하면 부모 자식 없이 서로를 잡아먹을 준비가 된 종種입니다. 어떤 사람들은 그걸 유목이라고 부르죠. 불길한 예언을 담아 누군가 우리를 이 물가에 방생했어요. 놔주는 게 싫어질 무렵에서야 우리는 비늘이 잔뜩 붙은 모습으로 발견됩니다. 서로를 입속에 집어넣고 상대방의 살에 미감의 의견을 각자 마음껏 달아보기도 했죠. 좀더 지겹게 우리를 풀어놓으면 월식 속으로 들어가는 우리의 그림자를 구두와 계단을 세는 단위로 세어볼 수도 있을 것입니다. 지적인 반응이 아니라 본능적 반응으로, 여름에서 겨울까지 자기 위치를 확인한 다음에야 우린 긴 지느러미를 얻습니다. 그림자가 물밑까지 깊어질 거라고 여긴다면 그건 착각일 수 있습니다. 마른 과일 같은 손을 비비며 주삿바늘을 만지며 우린 훨씬 더 많이 웃습니다. 농담에 지친 나무처럼, 더 많이 치료되어야 할 것처럼 우린 웃습니다. 잠의 신 히프노스와 세 아들은 꿈의 물가에서 솜처럼 젖고 있었어요. 어두워지면 밤의 여신들이 즙처럼 사람들의 머릿속에 내려옵니다. 징그러운 빛깔의 꽃이 만발했어요, 그에게는 세 아들이 있습니다. 그 세 아들의 꿈속에도 역시 세 아들이 있었죠. 모르페우스는 사람에 관한 꿈을, 이켈로스는 동물에 관한 꿈을, 판타소스는 무생물에 관한 꿈을 꿉니다. 꿈속에서 자꾸 뒤바뀌는 옷들 때문에 내가 사랑해야 하는 사람에겐 꼭 붉은색 옷을 입고 찾아오라고 당부합니다. 생식기가 파괴되고 식욕을 잃는 나의 고양이들.

## 6

현실적인 것과 현재적인 것을 판별하지 못할 때, 우리는 달의 바다에 수몰된 가옥처럼 웅크리고 앉아 멀어져가는 수면의 빛을 바라본다. 뭘 말했는지도 모르는 내 입이 더러워서 너는 한마디도 하지 않았다. 그때 너는 핏기가 없는 편지처럼 달에 의존하고 있었다. 그대의 문장은 어둠에 가까운 것이어야 하고, 바라보는 자의 눈을 끊임없이 찔러야 하는 것이다. 나는 붉은색 옷을 입고 찾아온 그 사람과 가장 외롭게 연애를 하고, 변하는 것은 기억뿐이라고 기록했다. 우리는 너의 우울에 가장 많이 노출되기 위해 붉은 옷을 입고 있었다. 나는 종이 위에 빨간 잉크로 치욕 치욕 끝없이 한 단어만 적고 있었다. 쌀을 경작하는 데 볍씨를 사온다는 것, 목화밭을 경작하는 데 목화씨를 사와야 된다는 것, 공기, 물, 햇빛, 달빛과 같이 토지도 모든 사람을 위한 공공자산이어야 한다, 라는 비노바 바베의 말을 듣고 그때 나는 눈물을 흘렸다. 아마 내가 단 한 번도 볍씨를 만져보지 못했고 단 한 번도 목화밭을 보지 못했기 때문이었겠지. 내가 끈처럼 가늘어지는 악몽을 꾸기 시작한 날, 죽음은 또다른 뼈처럼 우리의 발목 속으로 들어왔다.

달의 바닷속까지 뻗어 있는 거대한 입석열주에게로 그는 털로 된 동물 모양의 흉상을 쓰고 눈꺼풀이 없는 것이 되어 헤엄쳤다. 자고 일어나니 성별이 변해 있었다.

아이들은 물속에서 태어났고 그 어둡고 작은 바다에서 나온 순간부터 조금씩 자기를 분해하는 방법을 깨우치기 시작했다. 마침내 그들이 가장 작은 알갱이가 될 때 아직 덜 가루가 된 자들의 눈에 그것은 친숙함이 결여된 고백으로 보였다. 눈동자보다 더 검은, 아이들의 여름이 시작된다. 이렇게 완벽하게 시간과 마음을 파괴하는 짝사랑이 계속될 작정이라면, 나는 공책을 흔들고 거기서 쏟아져내리는 가루들을 모두 나의 손발이라고 불러야 할 테지. 그리고 시간. 우리는 신의 문고리처럼 공중에 떠 있었다. 본문本文이여. 우리는 첫번째 행간을 읽기 위해 좀더 많은 착오가 필요했다. 눈이 멀고 등이 헐고 배부른 자가 배고픈 자에게서 더 많은 책을 꺼내 보여줄 때, 사물이 아직 사물을 위한 어떤 신앙도 준비해놓지 않았을 때, 매우 느리고 피곤한 손짓으로 우리는 얼굴에 뚫린 수많은 입을 가려야 했다. 알 수 없는 것에게, 어떤 사람에게, 그에게, 지워진 밤이 온다. 그것은 나를 알기 이전에 이미 나를 알고 있던 어떤 사물에 대한 이야기다. 달은 작은 우화를 쓴다:

부족의 중심은 늘 기억입니다. 기억은 일할 수 있는 근육도 없고 지혜도 없었지만 흰 열매가 자라는 숲으로 가는 길을 알고 있습니다. 어느 날 마차가 와서 광장 하나 가득 혼돈으로 가득찬 아침을 짐짝처럼 쌓아두고 떠났어요. 어른들은 그것을 상자처럼 열어보고 그 안에서 자신이 떠나보냈던, 자신이 배신했던, 자신이 사랑했던 사람들의 얼굴을 찾아내고 조금씩 미쳐갑니다. 사람들은 왜울까, 혹은 사람들의 눈물은 무슨 소용이 있을까, 금세 말라버리는 투명하고 부질없는 그것. 아이들에겐 눈물이 없었기 때문에 늘 흰열매는 많은 것을 가르치려 합니다. 어느 날 말의 발길질에 어린아이는 몸이 두 동강 나서 죽었습니다. 그러나 기억은 그애가 죽었다고 하지 않았어요. 똑똑 울리는 그애의 걸음은 매일 밤 어두운 골목 어디서나 들을 수 있었습니다. 흰 열매가 맺히는 나무는 허공에 뿌리를 박고 있었기에 그것을 바라본 모두는 눈이 멀고 무덤이 됩니다. 허공의 흙은 그렇게 식물을 자라게 하고 거미알 같은 우리는 늘 기억에게 감사하며 살아갑니다. 기억이 명하길, 어린아이는 묻거나 화장할 수 없고 돌에 매달아 그대로 강에 가라앉혀야 어른이되어 다시 뭍으로 걸어온다고 합니다. 이것이 부족의 풍습입니다. 첨벙거리며 무덤에 들어간 저는 쥐의 해에 태어나게 될 것입니다. 즐겁게 숨을 참고 물밑에서 기다립니다. 내 몸은 내 비명처럼 광장하게 멀리까지 퍼져나가고 있었어요. 광장의 점점 미쳐가는 사람들 틈에서 할머니들은 말똥을 줍고 있었어요. 그녀들은 자기들이물속에서 본 것이 생각날까봐 두려워합니다. 영원히 죽을 수 없는것. 어른들의 눈물은 바로 그것 때문에 생기는 액체입니다. 우리는다시 우리와 친해질 수 없습니다.

# 7

관찰된 현상이 아닌 한 어떤 현상도 현상이 아니다.     —보어

    포클레인이 말라버린 강바닥을 하염없이 긁을 때, 마치 타당하고 만족한 것처럼 몰락이라는 말이 떠올랐다. 소리에겐 '저편'이 존재하지 않는다. 위치는 하나의 얇은 끈 같아서 '이편'의 끈을 통과하면 자신이 떠나온 곳의 위치를 영원히 알 수 없으리라는 것을 그는 알고 있었다. 우리는 지속되지 않지만 우리의 귀는 영원히 지속된다. 죽은 후에도 자신에게 다가오는 어떤 소리를 듣기 위해 귀는 늘 얼굴의 바깥쪽으로 열려 있다. 권속들은 날마다 길을 잃고 단지 물에서 떠오르는 사람들만 사랑했다. 나는 처음으로 신비로운 물을 마셨다. **죄를 짓겠습니다.** 나의 것이 아니라 당신의 잔으로. 혀는 빛으로 가득차고 어둠은 새까맣게 눈眼 속에 쌓여갑니다. **죄를 짓겠습니다.** 물을 마신 나는 모든 이빨이 다 닳고 늙기 위해 창밖의 밀물과 썰물에게 걸어간다. 나의 위치 때문에, 혹은 너의 위치 때문에, 달은 자기의 뼈를 사람들에게로 던진다. 죽은 자가 입었던 옷은 그가 사라지면 검은 것으로 가득찬 수사修辭가 될 것이다.

애인의 귀를 파다가 말다툼 끝에 여자는 남자의 귀에 귀이개를 꽂아버린다. 남자가 비명을 지르고 그의 고막은 이제 영영 고쳐지지 않을 것이다. 그러니 질러대는 비명도 한쪽 귀의 몫이리라. 피가 흥건한 귀이개를 물끄러미 바라보다가 그녀는 열여섯 살의 인도 소년처럼 수많은 먼지와 친해지고 있다고 생각했다. 오직 나와 나의 팔다리만 알 수 있는 먼지들 속으로, 시간과 정성이 필요했던 자포자기들 속으로, 그리고 지속되는 난청과 환청. 천천히 허공 속으로 섬들이 떠오른다. 고립이라는 형벌로 허공은 인간을 오랫동안 물밑에 세워두었었다. 내 장례식에 틀고 싶은 음악과 내가 다시 태어났을 때 듣고 싶은 음악, 난청 그리고 환청.

평화로운 실험이 시작됩니다. 여자들은 부르르 떨다 웃으며 죽어갔어요. 생후 아홉 달 된 남자애가 그걸 바라보고 있었죠. 긴 잠복기처럼 어둠은 사람들을 빨리 늙게 만들고 비슷한 질병이 아이들에게서 발견되기 시작합니다. 당신은 서스캐처원 북서쪽에서 붉은이끼를 사랑하고 있었어요. 첫번째 병은 늘 이전의 모든 병입니다. 우린 단지 그걸 진단할 뿐이죠. 사료로 쓰기 위해 육류 가공 공장으로 보내진 다른 동물의 살점처럼 당신의 상처는 보다 친숙하게 당신의 살과 섞여 있었어요. 오래전부터 지상으로 내려왔던 달은 자신이 가져갈 바다가 물에 있는 것이 아니라 허공에 있는 것임을 알고 있습니다.

어둠 속의 그는 눈의 결정처럼 판 모양, 별 모양, 기둥 모양, 바늘 모양, 나뭇가지 모양으로 자란다. 영하의 온도로, 과냉각된 손으로, 그의 기억 속에서는 점점 많은 달이 녹고 있었다. 하얗다는 건 우리가 그것으로부터 아무것도 보지 못한다는 것이다. 검다는 건 우리가 그것으로부터 너무 많이 보고 있다는 것이다. 탄생 이전부터 잃었던 자신의 뼈를 들고 모든 것의 역사처럼 대화가 시작된다. 우리는 우리가 너무 많이 본 것으로부터 아무것도 볼 수 없는 것으로 창조된다.

1999년 말에 "당신의 학창 시절은 어땠습니까?"라는 질문에 "난 학창 시절에 문제아였고, 화성에서 온 사람들을 좋아하곤 했다"라고 대답했다. 그리고 그날 밤 밤하늘로 보낼 편지 쓰기를 결심하게 된다. 안녕, 민간인들아. 니들은 모르는구나, 밤이 되면 우리는 결코 탄생할 수 없다는 것을, 모든 꿈이 수간獸姦의 형태로 반복된다는 것을. 그러니 사람을 빚은 늙은 사람아, 너는 우리를 영원히 간직할 수도 영원히 풀어놓을 수도 없을 것이다. 부르바키식으로, 젖은 구름을 바라본 우리는 일가적 집합이 되어간다. 추측술과 나는 서로에게 부끄러운 친구가 되고, 신이 책에 적힌 날에, 모든 창이 부서지는 것을 마치 흔들리는 나뭇가지처럼 바라본다. 당신이 살아 있는 것으로부터 잉태되었다면, **나는 죄를 짓겠습니다.** 팔이 주렁주렁 달린 옷을 입고 가위로 모든 팔을 자른다.

당신은 잠스 파크의 단편과 이상한 만화를 소중하게 생각하며 거울 숲으로 여행 떠난다. 일월日月 신화에 너무 많이 길들여진 우리는 해와 달이 너무 기쁘지 않다는 것을 잘 알고 있었다. 모두가 사랑한 악과 선. 아르마딜로가 사랑한 태양. 늘 정방향의 길만 존재하던 아스가르드의 달. 그것은 벌써 와 있거나 바로 옆에 와 있다. 그가 ……로 떠났을 때 나는 나무 아래 앉아 뜨개질하듯 자기 살을 꿰매는 사람을 보았다. 탄생과 멸절의 일부처럼 사람의 입에서 신이 쏟아져나오는 것을 보았다.

**8**

    당신이 먼저 취할 행동은 꿈으로 인해 자신이 이방의 사람이 되었음을 믿는 일. 그러므로 내가 나인 것이 부끄러운 일은 아니다. 우리는 천천히 우정의 방법을 바꾸었다. 세 종류의 지방을 먹었고 그중 두 가지 종류를 몸에 축적했고 이제 막 시작된 너의 치욕적인 대접을 대중사회의 엉성한 광고들처럼 받아들이고 있었다. 잇몸을 찢으며 새 이빨이 나오듯, 얼굴엔 수많은 입이 돋고, 색깔 없는 꿈이 밤에서 밤으로 철사처럼 굽었다.

# 9—이 글의 생략된 각주들

1) 한 사람이 별빛에 대해, 이것은 '공간으로 가득찬 음식이다'라고 말한다. 그것은 사람의 눈으로부터 왔고 나의 것이지만 만질 수 없는 것이므로 사실은, 시詩의 음식이다.

2) 간결한 것으로 세상을 표현할 수 있는 것은 시가 아니라 수학이다. 만약 어떤 사람이 나에게 정화의 과정을 묻는다면 나는 가장 선연한 색깔의 고기를 보여주고 그것이 걸어다니며 땀 흘렸을 때를 말해줄 것이다. 결코 훌륭한 반성을 할 것이다. 일식처럼 태양을 뒤에 남기고 가장 크게 나의 그림자를 부풀려 나 자신의 모든 걸 삼키게 할 것이다. 그러므로 무결無缺한 것은 시의 것이 아니다.

3) 지칭은 대상에 대한 질문이며, 그 대답은 영원히 해독될 수 없는, 그러나 실재하는 정보이다. 서로 완벽하게 다른 것을 공유하는 동일한 하나의 정보이다. 그러므로 나는 나를 너, 너희, 그, 우리라고 부른다.

4) 실루리아기에 출현한 한 물고기는 마치 책을 읽는 것처럼 심연에서 자신의 감각을 여러 개의 온도로 나눈다. 마치 사람이 빛을 여러 개로

나누어 감지하듯 신은 우연과 혼돈을 여러 개로 나누고 그것들의 감각을 사람으로 하여 미열과 신열로 나누게 만든다.

5) 내 손이 불결해서 나는 악수를 하지 않는다. 그날은 하루종일 개집에 들어가 고양이가 울었다. 그때 너는 밤의 교배물처럼 네 검은 가죽의 피보호를 기뻐하고 있었다.

6) 호박밭 지천인 프랑스의 산언덕부터 기억해봅니다. 이곳은 1875년입니다. 제가 태어난 해에 나를 두 팔로 감싸안은 너의 냄새는 돋보여요. 따뜻한 봄 햇살이 내리쬐는 화장터의 계단은 그저 조용한 저울의 연습처럼 자기의 발끝과 손끝에게로 오르내리고 있었어요.

7) 은둔의 종이, 20년째 같은 해의 달력이 걸려 있는 마을.

8) 프랑스 사람이 이렇게 말했다. 혼자 식사하는 것보다 나쁜 건 없지. 나는 대답했다. 그래도 같이 죽는 것보다 나쁘진 않지. 18세기 작가 잠스 파크는 어느 날 꿈에서 20세기의 어느 날을 꿈꾸었다. 그 꿈속에 독신인 그는 극장으로 가는 중이었고, 어린 여자애가 엄마의 얼굴을 그리고 있는 것을 보았다. 잠에서 깬 그는 꿈속의 자신이 자기 아내가 사산아를 낳고 죽었다는 것을 알고 있었다고 생각했다.

9) 그리고 누구에게나 처음인 달이, 이전까지는 아무도 몰랐던 달이

떠오른다.

**0)** 그리고 0.

**0**

너는 북에서 소리가 떠오르는 것을 듣기 위해 침묵에게로 돌아
갈 것이다. 아름다운 이방 사람처럼 열린 문들이 사라진다. 달의
바다에 떨어지는 검은 물을 창백한 종이에 옮겨 적기 위해 나는 검
정색 사람을 기다렸다. 최대한 수척함을 향해 달리던, 이것은 내가
알고 있는 최상의 병. 월식月蝕인 종이 속으로 우리는 들어간다. 우
리는 달이 사라지려는 것과 검게 이글거리는 둥근 것을 바라보고
있었다.

검고 이글거리는 둥근 북소리에 대해, 증인이자 증표처럼, 그는
어두워지려는 자신의 피를 조용한 관람자가 되어 응시하고 있다.
손에 못이 박힌 추한 얼굴의 사람이 우리에게 수많은 열매를 허락
할 때까지, 심은 씨앗이 달까지 자랄 때까지, 우리는 반드시 안전
한 결말로 끝나는 어린이책을 읽는다. 말이나 숫자는 무엇의 표현
수단에 불과하다. 참으로 간결히 요약된 세계 속에서, 길게 허공을
감아올라가는 식물의 줄기를 바라보며, 말과 숫자는 자기 자신이
무척 부끄러웠다. 여러 개의 시간으로 이루어진 단 한 개의 시계를
갖지 못해 죄를 짓고 있다고 생각했다. 그러한 심정으로, 무엇보다

가장 먼저 관찰의 벌레들이 태어난다. 우리의 눈 속에, 풍경처럼 그들은 와서 조용한 풀들을 씹고 있었다. 마치 촛불처럼, 평화로운 허공이 그들의 땀샘마다 쏟아져나왔다. 당신이 수수께끼로 비약하는 순간, 뿌리는 동굴 속의 바람처럼 자란다. 자력과 타력으로 우리에게 온 불공평. 노래와 춤은 무엇의 확장 수단에 불과하다. 따스함과 차가움의 경계 지점까지 창은 오직 사라지려 할 것이다. 우리의 눈 속에, 풍경처럼 그들은 와서 저글링하는 마술사의 공처럼 달을 허공에 몇 개씩이나 띄워놓고 있었다. 당신의 탄식은 하나의 계절이 되려는 무중력의 세계 같았다. 앞면밖에 없는 꿈을 쥐고 우리는 많은 나날을 보냈다. 마치 살아 있는 것처럼 보이도록, 우리는 죽는다. 나는 너에게 탄식으로 가득찬 일신교의 책을 베푼다.

청중과 화자의 유대처럼, 죽은 사람은 한 자루의 피리가 되어 자기의 귓가에 뼈의 연주를 들려준다. 너와 나는 둘러앉아 사원을 떠난 일, 신의 입술과 이별한 일, 팔다리가 돋은 일, 불을 피운 일, 도구를 사용한 일, 언어를 배운 일, 순결이 불결이 되는 일, 우리 몸이 전하는 갖가지 슬픈 얘기를 듣는다. 한때 수많은 석상으로 뒤덮였던 달 아래 앉아 글씨가 없는 책처럼 우리는 가장 느리게 다음 페이지가 된다.

모든 그림자가 달의 색인素引처럼 떠오른다. 착하고 사악한 소녀 시절의 너에게 편지를 쓴다. 우리가 물고기를 잎으로 믿는 건 소용없어, 나의 수태가 영원해지려고 하더라도 중요한 건 물고기들이 자신을 잎이라고 믿는다는 거. 모든 면에서 우리가 물고기가 생각한 잎과 같아지려면, 우리는 우리의 몸무게보다 더 무거운 각주를 우리의 몸에 적어야 할 것이다. 우리를 집어삼키며 우리는 떠올라야 할 것이다. 탄생 없이 영원히 수태만 계속되는 이름들이 비참한 일기에 가득했다. 불의한 것들, 불타는 극장들, 밤이라는 이름의 긴 눈썹들, 사라진 꿈과 그것의 불가不可들. 깃발이 흔들리기를 원했다. 우리는 죄를 지을 것이다. 내 눈이 나에 대한 어떤 것도 바라보고 있지 않을 때까지 죄를 지을 것이다. 달은, 한 장의 그림을 완성하기 위해 누군가를 맨 처음 만진 자기의 손을 향하고 있었다. 달의 모든 바다가 흰 물로 가득찰 때 넌 그걸 손발이 달린 물고기가 가득 쌓인 그릇이라고 불렀다. 그러자 너의 하루가 끝났다.

# 몽상어 편람夢想語 便覽

The Magnetic Fields,
《69 Love Songs》, 1999

**춘천 가는 기차:** 중년의 여인은 코트를 넘어오는 정구공을 힘껏 반대편으로 날려 보낸다. 샤갈의 팬태즘은 학살에 뿌리가 있어서 좋다고 ㅍ은 말했다. 경우에 따라 그건 여러 표현이 될 수도 있었다. 여름 나무들은 기생식물을 좁은 밀실로 이해하는 것이 분명했다. 왜 춘천으로 가서 술 마셨는지 모르겠지만, 거기가 그냥, 거대한 술통 같다는 느낌이었어요. 따가운 침엽수림의 우듬지마다엔 잎사귀들이 만드는 딱 하나뿐인 체위. 이곳의 물은 밀물도 썰물도 없으니 달 따위는 물밑에 떨어진 조개껍데기와 다를 게 없었다. 저녁 무렵까지만 4월과 화해하자, 그러면 회절하는 나비의 무늬를 강이 흘러갈 때처럼 바라볼 수도 있겠지. 어두운 날들에 대해선 그 이름도 꽃말도 알지 못했다. 젖은 휴지처럼 눅눅해진 채로 굳이 강 위에서 술을 흘릴 이유는 없었다. ㅍ은 내게 사진을 보여주며 음지식물은 시들 때가 가장 화려한 때라고 친절하게 알려주었다.

**그림자밟기 놀이:** 창에 끼워놓은 오목 유리 때문에 세상은 한쪽으로 휩쓸리는 폭풍의 한 시절 같았다. 오목해진 세상을 통해 맑을 날을 기다리는 것은 남이 읽을 수 있도록 일기장에서 개인적 언급을 모두 지우고 남은 몇 구절만으로 견디는 일. 춘천에서 만난 건 4월과 5월이라는 이름의 그녀들뿐이었다. 변절이 모든 색 중 가장 아름다웠을 때, 우린 세어보지도 않으면서 너무 많은 그림자를 발자국 속에 구겨놓고 마치 그걸 다 안다는 듯이 말했다.

**음지식물:** ㅍ이 예전에 살던 곳의 대나무는 이리저리 뽑혀 한 그루만 남았고 이사 간 집의 쓰레기들만 문 앞에 가득했다. 그곳에서 그와 함께했던 창을 마지막으로 바라볼 수 있다는 것은, 이제 다시 그곳을 찾으면 그곳엔 기억을 더럽히는 것들만 남아 있게 될 거라는 말과 다름없었다. 나는 버려진 쓰레기들과 깨진 창들을 진중히 바라봤다. 잊히기 위해 긴 시간을 필요로 했으니 그 시간들에 대한 나의 예우는 단지 잊는 것뿐이었다. 좁은 방, 내 기억 속에서 엄마가 말했다. 밥상 모서리에서 밥 먹지 마라, 밥상머리에서 턱 괴지 마라, 먹으면서 말하지 마라, 쩝쩝 소리 내지 마라, 국 후루룩 소리 나게 먹지 마라, 코 훌쩍이지 마라, 다리 흔들지 마라 복 나간다, 반찬 뒤적이지 마라, 밥 깨끗이 쓸어 먹어라, 젓가락 너무 짧게 쥐지 마라, 밥 먹고 눕지 마라 소 된다, 많은 위협을 가진 밥상 앞. 모두 견디기 위해 이곳에 모였다. 나의 꽃은 대낮의 꽃이었고 너의 꽃은 네 주위를 빙빙 도는 야경夜警의 꽃이었다.

**정혈淨血하는 식물:** 아침마다 범람하듯 산 가장자리를 타고 넘어오는 안개들은 물의 도시를 이해하는 데 아무런 도움도 되지 않는다. 빨간 머리의 곤돌라를 따라 우리는 유원지까지 걸어왔다. 이웃 아이들은 담배를 손바닥이나 팔뚝에 비벼 껐다. 창을 열면 거름종이처럼 반질반질 빛나는 해바라기들이 또 몇은 태양을 잃고 고개를 떨구고 있었다. 잊히고 지나가야 할 것은, 잊히고 지나가야 한다. 쓰다 만 편지를 조금 이어서 쓸 때마다, 가끔 목매달고 싶을 때마다 너희들을 생각해. 스위치를 눌러 끄며 이제 어둠 속에서 서로의 손을 핥자고 ㅍ이 내게 말했다.

**내성:** 10월의 싸늘하고 황량한 하늘을 태양만 굶주린 새처럼 날아다녔다. 춘천에서는 그해의 첫번째 엽서가 배달되었다. 우리는 너희들의 계절이 그립다, 라고 거기에 쓰여 있었다. 그건 너희들의 계절이 그립다, 라고 쓴 내 편지를 똑같이 나처럼 성의 없이 보냈다는 뜻이었다.

**여명과 박명:** 감정은 형태의 근원이라고 그로피우스는 말했다. 여름날은 아무것도 예측할 수 없는 권태로운 세상이었다. 나는 틈틈이 스케치북을 들고 거리로 나가 깡마르고 병든 개의 소묘를 안고 집으로 돌아왔다. 화병에 꽂힌 꽃 중 오늘은 두 줄기의 꽃대가 자기가 죽은 걸 알고 누런 보호색을 만들었다. 감정은 형태의 근원이 아니라 경계의 근원이라고 했어야 옳았다.

**사물 밖의 세상:** 마주 오던 한 남자가 길 위에 쓰러진다. 그는 목발을 짚고 있었고 목발이 흙구덩에 박혀 있었다. 그는 쓰러진 후 난감한 표정으로 나에게 도움을 바라는 듯 내처 그냥 앉아 있었다. 나는 그의 손을 붙잡지도 붙잡아 일으키지도 않았고 단지 바라보기만 했다. 한참이 흐른 뒤 그가 목발을 찾아 쥐고 나를 노려보며 다시 일어나 길을 걸어갈 때까지 나는 그의 몸과 목발과 흙구덩이

만 바라보고 있었다. 언젠가 내가 우연을 바라볼 땐 그걸 사물로서 사랑할 수도 있을 거라고 생각했고 그날이 바로 내가 사물을 사랑한 날이었다.

**시간이 아직 시작되지 않은 곳**: 밀실은 평요한 곳이다. 어린 계집애가 쇼윈도에 걸린 적갈색 치마를 주의 깊게 들여다보고 울며 사달라고 졸랐다. 입을 수도 없는 옷을 산다는 건 낭비였지만, 도저히 상점 앞에서 떠나지 않을 듯 울어대는 그애 때문에 엄마는 옷값을 지불해야 했다. 계집애는 그 비싼 장난감을 한동안 머리에 쓰거나 몸에 휘감고 다니다가는 이내 싫증이 났는지 버려두고 말았다. 엄마는 그 치마를 정성스레 개어 구석진 장롱에 넣어두었다. 적갈색은 죽은 할머니가 좋아하던 색이었다.

**7월의 밑줄 없는 메모들**: 그해 7월의 풍경은 그해 6월의 물감들과도 같아서 그 무엇을 위해서도 색깔을 섞진 않았다. 폭죽은 하늘로 떠오르고 바람개비들은 떠오른 하늘을 여러 개의 원기둥으로 지켜봤다. 지난 계절 꽃나무들이 한 일이라곤 서로 이름이 비슷해지거나 서로 이름을 나눠 가진 일뿐. 태양의 반대쪽에 편모偏母의 목련이 자란다. 나는 방향 없는 것들로부터 위안받고 싶어졌고 생의 마지막 그리움이 꼭 생의 마지막에 오는 것은 아니라는 걸 알았다.

**하늘의 낭하**: 14일 오후 5시 30분께 어느 지방 시 대학교 교정에

서 이벤트사 대표 안○○씨(35)는 평소처럼 발랄한 기분으로 번지점프대에 올랐다. 이날은 새로운 레저로 주목받는 번지점프의 홍보를 위해 교직원과 학생 300여 명 앞에서 번지점프 본보기를 보일 예정이었다. 그는 높이 35m의 번지점프대 위로 올라가 이렇게 외쳤다. "누구나 번지점프를 할 수 있습니다." 그는 멋진 다이빙 폼으로 뛰어내렸고 발목에 묶인 안전고리와 발목이 분리되었다. 그는 생애 최고의 점프를 했고 아스팔트 위에서 즉사했다. 그날 500여 명의 번지점프 희망자들은 말없이 화장실로 가서 토하거나 몸을 떨며 눈물을 흘렸다.

**폭죽 소리**: 아무 반항 없는 여자를 두들겨패던 사람은 그의 아버지였고, 뻘밭의 조개들은 각자의 작은 방에서 검은 물을 토했다. 여자가 바른 화장수 냄새만 오갈 데 없이 그곳에 남았다. 사는 게 지겨워 벗들은 긴 노를 저어 물 건너 저편으로 가버렸다. 아름다운 눈매 때문에 기구해지고 말 거라고 ㅍ은 날아오른 폭죽에게 말했다. 그 말은 정성스러웠고, 그리고 긴 애도사 같았다.

**직사각형의 장례식**: 작은아버지가 머리를 꼿꼿이 세우고 나를 노려봤다. 난 나에 대해 말했을 뿐이었다. 괴롭지만 병病은 중요한 것이다. 아니, 중요한 곳이다. 장례식의 절반은 아름다웠고 처음부터 얇은 직사각형으로 존재했었다. 이제 나는 가끔 종려나무를 생각한다. 또 가끔 해바라기를 생각한다. 둘 다 태양과 여름에 가까운

거처들이다. 우리는 그저 행복해지고 싶었고 그게 어떤 건지 몰랐기 때문에 아프면서도 행복한 척했었다.

**하룻밤의 관객들:** 그해의 태양들은 검은 굴뚝의 공장과 흡사했고 화장실에 가는 여자들에게 단 하나의 색깔만 허락했다. 가능한 모든 종류의 사랑 노래를 부르기 위해 나는 물의 도시를 떠났다. 여기선 여러 색깔이 허락되지 않고, 애들은 감수성 없는 그리움을 필기하고 좋은 점수를 받는 방법도 알았다. 한번 잃은 청력은 다시 회복되지 않는다. 소리는 그렇게 왔다가 그렇게 잊힌다. ㅍ은 내 실수에 대한 가벼운 농담으로 떠나는 것을 택했다. 나는 비우거나 채우기 위해 물의 도시를 떠났다. 그리고 물가에 가게 되면 꼭 진범이 첫 페이지에 등장하는 추리소설을 읽는다. 생각할 때의 나는 멋지지 않으니까, 생각 없이, 조개껍데기처럼 버려진 명징한 노래를 듣기만 했다. 《69 Love Songs》는 세 장의 CD에 담겨 있는 69개의 관대하고 모진 사랑 노래들이다.

# 눈이 내리는 방

Robert Johnson,
《The Complete Recordings》, 1990

촘촘히 벽과 벽이 맞붙어 있는 주택가에서는 약소한 소동이 하루 한번쯤 일어나는 법이다. 동네엔 도둑고양이와 늙은 여자와 측백 잎이 서로 먼저 떠오르고 서로 먼저 잊히기 위해 노력했다. 어떤 사람이 있었다. 가로등이 켜질 때만 대낮의 세상을 기억하는 사람. 거긴 산부인과도 있었고 모텔촌도 있었고 골목을 몰려다니다 어린이나 노인들을 보면 송곳니를 보이던 동네 개들처럼 겨울에겐 절대로 뒤통수를 보여주면 안 되는 그런 곳이었다. 어떤 사람이 있었다. 바람에 의지해 여행의 위치를 바꾸던 사람. 어느 날 나는 계절을 잃고 어떻게 이렇게 가깝게, 창을 다 가리면서 태양이 마음에 없는 말들을 할 수 있는 건지 정말 이해하기 힘들었다. 어떤 사람이 있었다. 조금씩 나누는 한담閑談만으로 여행 떠날 수 있는 사람. 빛이란 아직 어딘가 '끝'이라는 부분에 닿지 못한 것들의 이름이다. 그건 단지 가설일 뿐이라고 나는 그에게 찾아온 좁은 세상을 위로했다.

근 10년 가까이 어느 지방 시의 시청에서 일하는 동안은, 낯선 사람들이 오면 밝게 웃고 여러 자료를 보여주기도 했다. 보여주며 속으로 그들에게도 나에게도 욕을 했다. 그리고 집으로 돌아와 소나무 향의 방향제를 온통 뿌리고 그 속에 가만히 앉아 있었다. 늘 놀이터 모래 위에 발끝으로 팔 없는 사람을 그리던 아이처럼 어서 저녁이 되기만을, 어서 모든 게 팔다리를 지우기만을 기다렸다. 좋았던 건 창밖의 세상에 돌볼 건 그다지 많지 않다는 것. 그저 잠들 수 있는 어둠으로 꽉 막힌 상자 하나만 있으면 떠오르는 먼지의 단선율도 좋았고 좁은 걸음의 다선율도 족했다. 이틀째 천장에서 물이 새는데, 아무도 살고 있지 않은 위층에는 올라가봐야 소용없었다. 눈이 내렸고, 내린 눈이 물이 되어 윗집의 어느 균열에 스며들었을 것이며, 내 방의 천장에 고였을 것이다. 아무도 없는 집에 차오르는 물, 혹은 눈. 아무도 없는 집에 홀로 눈이 내린다. 손끝만 사랑하며 지도를 그리고 거기로 많은 사람을 여행 떠나게 했던 사람이 있었다. 떠오르는 물의 냄새 아래 외롭고 짜릿한 꿈을 꾸면서 눈의 지도와 강의 지도는 한 치도 좁혀지지 않고 나와 행복하게 거리를 두었다. 돌은 죽은 자의 영혼, 바람은 죽은 자를 들여다보는 영혼. 비포장도로의 돌들은 모두 새와 바람의 방향으로만 늘어서 있었다. 건널목에 서서 늘 계단을 없애는 마술만 보여주던 사람이 있었다. 가로등은 멀리 있는 것을 부르기 위해 많은 준비물이 필요했고 날개 달린 것과 발 달린 것도 그중 하나였다.

1930년대 미국 남부 미시시피 지역에서는 흑인 노예들을 중심으로 새로운 음악이 형성된다. 노예 노동이 가장 극심했던 루이지애

나, 미시시피, 앨라배마 등 미국 남부 미시시피강 삼각주(델타)에서 탄생했다고 해서 사람들은 그걸 미시시피 델타 블루스(혹은 델타 블루스)라고 불렀고 그것은 후대에 등장한 수많은 음악 장르의 원형질이 된다. 백인들이 드럼류의 리듬을 금지했기 때문에 단지 어쿠스틱 기타 한 대와 노래 부르는 사람이 전부인 델타 블루스 음악에는 목화밭에서 백인 주인이 휘두르는 채찍을 맞으며 하루종일 일하던 흑인 노예들의 아프리카에 대한 향수와 슬픔, 촌스러움과 투박한 원초성이 녹아 있다. 고졸한 멋, 그러나 고통스러운 맛으로.

일군의 많은 블루스 연주자가 등장했는데, 그 태동기의 정점에 섰던 것은 로버트 존슨이었다. 열여덟 살 때 열다섯 살짜리 여자와 결혼했고 그 여자의 질투에 독이 든 위스키를 마시고 죽은 해가 스물일곱 살이던 1938년이었다. 염치없게도 나는 이 지극한 절망의 방식으로 짜인 음악을 들으며 발장단을 맞춘다. 그리고 그것들의 아종인 리듬앤드블루스, 재즈, 소울, 로큰롤, 펑크 등 셀 수 없을 만큼 수많은 음악을 생각한다. 또 열등한 문화라고 생각하며 행한 백인들의 드잡이식 흑인 사냥이 사실은 얼마나 예술적으로 고등한 한 문화에 대한 파괴였는지를 생각한다.

로버트 존슨은 겨울에 어울리는 블루스를 가졌다. 꼭 자기에게만 맞는 기타와 목소리를 가졌고 트렁크에 모든 짐을 다 구겨넣고 어디로든 떠날 준비가 되어 있는 방랑벽의 노래를 가졌다. 첫눈이 내리는 날이었고 등이 가려웠다. 털실 하나에 의지해 제법 먼 곳까지 겨울의 뒤를 쫓아왔다고 생각한 건 내 손가락과 모자의 입장이었을 뿐이다. 난 물체가 풍경의 의역이라는 것을 잘 알고 있고, 소리가 물체의 직역이라는 것도 잘 알고 있고, 그것들 모두가 오역이라는 것도 잘 알고 있었다. 그날의 물고기들은 마디 없이 움직이는 손가락 같았다. 존재하는 곳에서 존재하지 않았던 곳으로 먼 곳까지 걸어가 달력에 어울리는 숫자들을 주머니에서 하나씩 꺼내놓았다. 숫자는 하나로 만들어진 것도 있었고 여러 개가 하나로 만들어진 것도 있었다. 그건 섬과 같은 것이었다. 물고기들은 다리가 없어 열심히 헤엄쳤지만 늘 똑같은 자리에 묶여 있었고 섬은 그것이 안타까워 커다란 발자국들을 물위에 찍기 시작했다.

그날은 새의 눈을 처음 만진 날이었다. 속이 텅 빈 눈알은 내 방처럼 어딘가 바라볼 수만 있었지 그 안으로 들어가기는 쉽지 않았다. 새의 눈을 만지듯이 문의 뒤편을 만질 수 있으면 얼마나 좋을까. 이제 스무 살이 된 애들의 열아홉 살 때를 만질 수 있으면 얼마나 좋을까. 겨울은 창 안쪽에 여름 부채와 함께 고요히 앉아 바람이 고무링처럼 부풀거나 줄어드는 건 이상한 일이라고 생각했다. 겨울은 만져도 뜨거워지지 않았기 때문에 달력 밖의 숫자들은 액체로 된 불이라고 생각했다. 아무도 우산을 쓰지 않았고 신발가게의 슬리퍼들은 젖으며 희게 걸어가는 사람들에게 백 개의 얘기를 했고 고작 두 개의 발자국을 찍었다.

떠오르는 것을 붙들기 위해 난간에 매단 작은 종이 박복하게, 그리고 부박하게 울린다. 부실한 난간은 한순간에 밤까지 뛰어오르기엔 안성맞춤이었지만 설탕처럼 처음만 달았고 끝은 항상 쓰고 더러운 기분이었다. 물고기의 머리 위엔 공기 방울들이 크고 푸른 야자수 열매처럼 둥둥 떠 있었다. 내가 하고 싶었던 놀이는 강의 얼음 균열 위에 누워 네 외투가 구두를 덮을 때까지 자라는 걸 바라보는 것. 내가 하고 싶지 않았던 놀이는 새로 갈아 신은 네 구두를 더러운 발로 밟으며 그림자처럼 걸어가는 것. 지상 세계여 안녕, 존재하지 않았던 음악은 이렇게 말할 때 기분이 가장 좋았고 하루종일 에어캡의 공기 방울을 손끝으로 톡톡 터뜨리며 행복감에 젖었다.

원초성을 간직한 노래는 과거를 위해 남겨진 미래의 격자창 같다. 빈집에서 나는 투명 테이프처럼 뒤가 모두 드러나는 블루스를 들었다. 슬픈 이국어는 내 언어 안에서 마침표를 찍을 줄 모른다. 대지 때문에 허공이 생겨난 거라고 믿어야 날아오른 겨울새는 좀 더 멀리 날아갈 수 있었을 것이다. 얼어붙은 호수에는 견지와 뜰채를 든 가족들이 많았다. 거길 왜 따라갔는지는 알 수 없으나 호수 위에 잔뜩 구멍을 뚫고 앉아 손마디만한 빙어를 건져올리는 사람들에게는 수면에 불규칙적으로 부서지는 빛살과 바람이 만드는 물의 주름, 단순하지만 깊은 몇 안 되는 색감, 그런 게 지금 발을 딛고 있는 딱딱한 결빙 아래 갇혀 있다는 게 별반 중요하지 않았다. 깃발은 서남西南, 철새들도 서남, 모든 방향이 날개로 가득했고, 집으로 돌아가고 싶은 마음은 구겨진 종이컵과 그걸 구긴 손들도 마찬가지였다. 얼음 밑으로 달빛이 부푸는 시간, 점점 눈발이 거세지는 빈방으로 들어가 나를 위해서만 얼어붙은 수면을 만지고 싶었다. 귀에 가까이 갖다댄 소라 껍데기처럼 밀려오는 파도 소리를 들려주며 눈이 내린다. 도무지 집으로 가는 길을 찾지 못할 것이라는 느낌 속엔, 누가 이 소리를 듣고 출구를 상상할 수 있을까, 라는 물음도 함께 들어 있었다. 눈구름은 피뢰침 위를 흘러가고 눈 내리는 날의 처량한 블루스는 스스로에게 돌려받을 뿐 타인에게서 돌려받는 걸 몰랐다.

달의 윤곽이 겨울 목련 가지에 걸린다. 그건 아마 달의 어느 바다 쪽이었을 것이다. 물도 없고 바람도 없고 중력이 약해 아무것도 끌어당기지 않는 헐한 바다. 흰 목련 꽃잎을 기다리며 나는 달의 이지러짐과 소멸을 듣는다. 우리 헤어지는 거냐고 그랬더니 그건 아니라고 하더군요. 코에서 피가 흘렀어요. 그건 헤어지자는 말과 다를 게 하나도 없다는 생각이 들었죠. 나는 피식 비웃는다. 반 컵의 물이 오늘 달의 바다엔 적당한 위로의 양이었다.

어린 딸의 따귀를 치는 여자와 함께 좁게 맞붙은 골목에서 살았다. "쉰 넘으면 배운 년이나 못 배운 년이나 똑같이 못생겨진다.

일흔이 넘으면 돈 있는 년이나 돈 없는 년이나 다 똑같이 불쌍해
진다"라고 나이 많은 여자가 말했다. 그게 냉소였는지 위안이었
는지 잘 모르겠다. 봄밤은 인력에, 겨울밤은 척력에 가까웠다. 나
를 밀어내면서 눈이 쌓였고 나를 끌어당기면서 눈이 녹았다. 이듬
해 여름까지 컴퓨터와의 마작 게임에서 진 횟수는 18번, 이긴 횟
수는 2번, 그중 황패가 2번. 거울의 뒷면처럼 모든 걸 되비추면서,
늘 패배의 겨울이 걸어온다. 매번 똑같은 꿈을 꾸고 잠에서 깨어나
면, 이제 벗어날 때도 되었으니 제발 나를 놓아달라고 나는 자조했
다. 어쨌든 잘 갔다 오겠다고, 죽은 꽃들은 더이상 시들지 않는다
고, 늙은 엄마에게 말해주고 떠나온 것이다. 나는 바람을 등지고
내 방은 바람을 안고, 서로를 측은한 것이라 생각하며 오래 바라보
기만 했다. 아름다운 손과 붉은 집의 지붕을 얻기 위해 무거운 술
잔은 필요 없다. 젊어서 죽은 흑인 청년은 낡은 양복과 중절모를
쓰고 '이녁은 시전에서 함께 놀다 가지 않으시려나?' 허무하게 긴
손가락으로 내게 말 걸었다. 겨울의 처방과 겨울 강의 처방은 각각
다른 것이었고 눈에 대한 냉정마저 서로 달랐다. 어떻게 살아도 난
당신과 같은 절벽은 가질 수 없을 것이고, 난 그걸 단지 확인하고
싶지 않은 곳에서 확인했을 뿐이다.

# 위경僞經의 낮, 진경眞經의 밤

Boubacar Traoré,
《Je Chanterai Pour Toi》, 2003

## 혼돈의 죽음

남쪽 바다의 임금을 숙(儵)이라 하고, 북쪽 바다의 임금을 홀(忽)이라 했고, 그 중앙의 임금을 혼돈(混沌)이라 했다. 숙과 홀이 때때로 혼돈의 땅에서 만났는데, 혼돈은 그때마다 그들을 극진히 대접했다. 숙과 홀은 혼돈의 은덕을 갚을 길이 없을까 논의했다. "사람에겐 모두 일곱 구멍이 있어 보고, 듣고, 먹고, 숨쉬는데, 오직 혼돈에게만 이런 구멍이 없으니 구멍을 뚫어줍시다." 하루 한 구멍씩 뚫어주었는데, 이레가 되자 혼돈은 죽고 말았다.

—『장자』,「응제왕」 중 '혼돈칠규(混沌七竅)'

요가 선생은 활기차고 맑고 큰 눈을 가졌단다. 늘 꿈은 많은 전신주를 가지고 있었고 그 연애는 조바심이 없는 단 하나의 창이면 족했다. 나를 둘러싼 그들의 여행은 희극적이고 신비로웠다. 말을 하는 이가 말을 듣는 이의 꿈을 볼 수 있는 기묘한 규칙의 여행이었다. 태풍은 북상중이고 그의 요가 선생은 아름답고, 그의 요가 선생은 10:1 비율로 그에게 말을 걸고, 20:1 비율로 웃는다. 하루도 1년도 없는, 나 자신만 남는 꿈에게 확률이란 건 너무 비속했다. 전봇대를 하나둘 세며 집으로 돌아오는 길. 길만 골라내다가 환속하는 기분이었다. 해마다 장마철이면 엉킴보다 풀림만 근사해하면서 전봇대 끝의 전선들은 이곳엔 가장 밋밋한 달력을, 다른 곳엔 가장 깍듯한 달력을 적어놓겠지. 수많은 웅덩이가 웅덩이를 낳았다고만 생각하자. 또 내 그림자가 얻은 바닥엔 깊이가 없다고도 생각하자. 손가락 하나 가득 반드시 무언가를 바라며 아이들은 소망들을 꼽았다. 그건 불빛보다 물빛에 어울리는 일. 난 튀어오를 듯한 푸른 힘줄을 가진 여자 대신 존댓말을 모르는 여자를 상상했다. 노래는 달력에 적히지 않은 오후에게로만 들려왔다. 가지 끝에 매달린 연緣과 업業에게 나는 내가 최선을 다할 수 없는 것들에 대해 무심히 고백했다.

파고波高가 하늘로 솟아오를 때 물결에겐 농담뿐 진심은 없다. 포말이 연무처럼 쏟아지는 이곳에 와서 내가 가장 먼저 한 일은 서른 살이 된 것뿐이었다. 바다에 앉아 손가락으로 가리키면 언제나 거기엔 상한 물고기처럼 징그럽게 아가미를 부풀리던 바람. 알아선 안 되는 걸 너무 많이 알아서 푸른 해변은 즐겁게 물위에 무관심을 기록했다. 그물 깁는 어촌 골목을 돌아 혼자서 돌아갈 날의 기차편을 생각할 때 그건 어쩐지 수상쩍고 감출 주머니가 없는 밤의 느낌이었다. 나는 당신을 뻔한 배웅으로 보내고, 우린 그때 환멸을 잃을 수 있다는 걸 몰랐고 그러나 쓰레기 봉지들과 함께 둥둥 떠서 바다로 온 건 유일하게 우리가 잘한 일. 처음 사랑한 여자애는 검은 신발뿐인 신발장을 열고 그 속에서 빨간 신발을 고르려고 했던 것밖에 생각나지 않았다. 포말이 연무처럼 쏟아지는 이곳에 와서 내가 가장 잘한 일은 서른 살이 되었고 서른 살이 된 나 자신을 비웃은 것뿐이었다.

많은 꽃말을 알고 있는 사람이 어느 꽃에게 다가가 경멸의 꽃말을 붙이던 오후를 나는 잊지 못한다. 나를 떠난 모든 녀석을 숙과 홀이라고 부르자. 숙은 남쪽에서 왔고 오랫동안 해파리처럼 떠다니며 뭐든 움켜쥐고 독을 쏘았다. 홀은 북쪽에서 왔고 어려서부터 혼자 먹을 수도 혼자 씻을 수도 없었지만 날씨를 탓하진 않았다. 그러면 나는 나를 혼돈이라고 불러도 될까? 그날 그는 술을 마시고 목도리를 잃었다. 정신도 시간처럼 액체 형태로 흘러, 쥐어지지도 추슬러지지도 않는 젤리 같은 밤. 어느 여름 그날의 마지막 기차를 타고 다음날의 역에 도착했을 때 나는 꽃말이 없는 꽃에게 지독하게 날카로운 가시 하나를 붙여두고 온 기분이었다. 사람은 모두 일곱 구멍이 있어 보고 듣고 먹고 숨쉬는데, 넌 그게 없으니 우리가 뚫어줄게. 그리고 이레에 나는 죽어야 했다. 어두운 전구 아래서 나 혼자 엉터리 그림자놀이를 하며 쓸쓸하게 한번 울고 쓸쓸하게 한번 죽어가는 놀이를 했다. 혼돈이란 이 세계의 어느 계절이든 잃을 것이 있어서 행복하다는 뜻이다. 숙과 홀은 빨리 각오하고 느리게 죽는 꽃의 꽃말. 높이 자라던 여름 식물은 아래쪽 계단을 몇 단 허물고 더이상 누군가의 배려를 견디지 않았다. 좋은 보호색을 가진 계절을 만나고 싶었고, 아무 계절이어도 좋으니 견디기 좋은 물건이라면 어떤 것에게든 덮개를 만들어주었다. '시란 혀끝에서 맴도는 이름의 정반대'라고 키냐르는 말했다. 내가 그걸 찾아다 녔다고 말한다면 그건 나 자신을 견디기 위한 내 배려였을 것이다. 죽은 건물의 흰 벽에게 환하게 웃으며 숙과 홀은 매년 노란 손을 내밀었다. 구멍이 있는 것과 그것을 일곱 개나 가지고 있는 것들에 겐 단지 이레를 살고 웃어주기만 하면 그뿐이었다.

## 황도십이궁, 허공의 프레스코

　씨앗은 식물의 알이니까, 껍질 밖을 아직 나보다 잘 알지 못하니까, 녀석들에게 건네는 농담은 악담이어도 상관없었다. 가끔 비옷을 입고 너희와 관련된 소문을 사랑한다고 말해도 상관없었다. 여행자는 자기의 창이 단 한 번의 정류장만 가질 뿐이란 걸 몰랐고, 가로등 불빛은 거미처럼 자기가 놓은 덫 위로만 걸었다. 십이궁은 수대獸帶에 묶인 별자리들이다. 백양궁, 금우궁, 쌍녀궁, 거해궁, 사자궁, 처녀궁, 천칭궁, 전갈궁, 인마궁, 마갈궁, 보병궁, 쌍어궁. 이들이 하늘의 수대를 지난다. 어린 염소가 바람 아래 가라앉는 잔잔한 풀 향기를 맡는다. 무너진 집 안에서 한 발짝도 걸어나오지 않으면서 붉은 벽돌은 찌그러진 창만 몇 개월째 사랑했다. 낮은 촉광 전구알처럼 니들이 어두컴컴하게 떠날 때 희게 손 흔들던 편백 잎을 벌써 잊었니? 우린 어렸으니까 악수도 몰랐고 박수도 몰랐다. 여행은 단지 서로 다른 식생植生만으로 이루어진 똑같은 길이의 밤과 낮이었다. 어떤 연애든 똑같았지만, 넌 요가 선생보다 더 적은 연애의 색깔만 알고 있었다. 네가 알고 있는 365일에는 푸른 수영장, 그물침대, 비취 의자, 자개장, 낡고 귀여운 개수대 같은 것들이 놓여 있었다. 양악사洋樂士들이 누워 노래를 부르고 소녀들은 예쁜 가로등 밑에서 생에 가장 긴 담배를 피웠다. 내 등 위에 크레타섬이 올라와 있는 기분이 들었어, 잠시 동안, 지중해식으로 행복했어, 이건 음계가 없는 여행.

버릴 수 있는 것이 하나도 없어 나에 대한 악소문은 소중했다. 그늘과 밤이 어떻게 다른지는 늦은 밤에 익숙한 길 위를 뒤로 걸어보면 알 수 있는 일. 내가 집을 나와 비탈길을 뒤로 걸을 때, 그늘이 소매와 바짓단을 미끌거리는 손으로 한 주먹씩 구겼다. 고향을 가진 죄밖에 없는, 울타리를 가지지 못한 죄밖에 없는, 검은 가족들이 목선 위를 오른다. 엄마는 나를 때리면서도 민망하지 않았고 난 엄마에게 맞으면서도 민망하지 않았으니까 서로 질투할 필요는 없었다. 기댈 수 있는 기둥이 하나도 없어 붉은 벽돌은 무너진 다락에서 밤이 태양을 꺼내가기만을 기다렸다. 황도십이궁의 여러 금수禽獸를 따라 누나의 낡은 치마가 흘러갔다. 새로운 것이 없어 나는 여름에 쓴 일기를 겨울에도 똑같이 옮겨 적었다. 수대엔 많은 짐승이 살아가고 있었고 그중엔 처녀와 쌍둥이도 있었다. 엄마, 오늘의 일기는 여러 개로 나눈 수박을 얇게 쥐고 아주 느리게 그걸 먹는 식구들을 그릴 차례였어. 허공의 짐승들은 환멸할 때를 놓치지 않기 위해 이곳에 위치와 이름으로만 온다. 엄마, 옥상엔 길 잃은 것과 이름 없는 것들이 너무 많아, 오늘은 더러운 옥상 아래서 잠자는 식구들을 그릴 차례였어. 고사리처럼 천천히 머리를 말며 어둠은 나에 대한 악소문을 들려주었다. 너는 외롭구나, 너는 새롭

구나, 너는 너를 돌보지 않는구나. 식구들은 화내는 일과 잠자는
일만 반복했고 달력만 내 생일을 알고 있었다.

## 향유를 바르는 밤

겨울은 많은 허공을 잎에서 잎으로 건너게 했다. 5음계의 세계에서 7음계의 세계로, 싱싱한 내가 벌레 먹은 나에게로 건너와도 좋았다. 강둑 초지엔 십대의 딸이 시든 채소 잎처럼 그의 십대인 부모와 함께 누워 졸고 있었다. 꿈속에서 태양은 맑았고 꿈 밖에서 찬 공기들은 좁고 긴 골을 그렸다. 그리고 꿈도 현실도 아닌 곳에서 미풍은 작은 사기그릇처럼 부엌마다 거꾸로 뒤집힌 채 모여 있었다. 쓸쓸하고 낯선 길은 나와 내 그림자의 섭동攝動을 오랫동안 지켜봤다. 바람을 지도에 자세히 표현하고 싶었지만 그건 내가 질문과 농담의 차이를 알기 전엔 가능하지 않았다. 어느 날의 우빙은 길 없는 지도를 그려 보여주며 그렇게 나를 달래곤 했다.

향유香油는 허공을 희미한 중얼거림으로 만든다. 언젠가 나는 또 태어날 것이고 언젠가 나는 또 죽을 것이고 질문은 언제나 똑같은 대답을 기다릴 것이다. 발등에 향유를 바르는 밤이다. 당신의 인사말은 늘 우스웠고 당신의 농담은 거대한 환풍기처럼 세상 어디론가 사라지기 위해 통로를 비틀고 있었다. 이곳에 온 걸 고마워하며, 사라질 수 있다는 걸 고마워하며 당신은 내가 되기도 했다. 이

건 사멸에 대한 이야기이고, 나를 가장 많이 파괴한 환유에 관한 이야기다. 심방 온 교회 전도사와 교회 아이들은 엄마가 내놓은 딱딱한 떡과 보리차를 비웃었다. 놈들은 제과점 과자와 향이 좋은 커피 한잔을 기대했겠지. 나는 교과서와 금서禁書를 함께 책가방에 넣고 등굣길의 고층 아파트 사이를 지나며 내일은 평등한 밥을 먹을 수 있을 거라 생각했다. 아니, 언젠가는 평등한 밥을 먹을 수 있을 거라 생각했다. 그렇게 해서라도 부끄러워하는 나 자신을 책망하고 싶었다. 나를 태우며 향유를 맡는 밤이다. 당신이 밤이라 부르던 곳은 베틀로 짠 베갯잇처럼 구름과 무덤이 조용히 머리맡에 떠오르는 곳. 우빙雨氷 아래 나는 비닐우산처럼 좁게 접혀 집으로 돌아왔다. 내 대답이 아직 질문조차 만나지 못한 것은 이 계절까지의 힘든 여정 탓이 아니었다. 또 자라야만 하리라는 것, 아무리 닦아도 빛나지 않는 창밖 때문이었다.

# 수난상 밑의 점심

나는 한 사람에게 두 개 이상의 선택이 있을 수 있다고 믿지 않는다.

―왕삭(王朔)

누가 더 숙과 홀에 대해 자세히 알고 있는가에 대한 공방에 하루가 즐겁게 지나가고 있었다. 손으로 나팔을 만들어 불며 아이들은 은자隱者와 배덕자背德者 모두를 번갈아 흉내내고 있었다. 남쪽엔 흰 해변이 계속되고 가족들은 수난상 아래서 초라한 점심을 먹었다. 꽃은 식물의 생식기인데, 꽃에게 코를 대고 냄새 맡는 사람들은 늘 괴이했고 아빠의 공구통처럼 여러 손잡이가 달린 저녁은 늘 신비롭기만 했다. 내가 아는 한, 물고기처럼 호흡하듯 무언가를 삼키던 구름은 없었다. 조금씩 끝을 태우는 막대 향을 들고 가족들은 녹색 절편을 씹으면서 언제까지라도 계속될 것 같던 흰 해변을 바라봤다. 검고 딱딱한 견과류는 싸고 양이 많았지만 맛은 기대할 수 없었다. 하루가 저물듯 모두 똑같이 때 묻고 똑같은 꿈을 꾸면 얼마나 좋을까? 내가 만난 아빠와 엄마는 춤과 노래를 좋아하고 쉽게 사귀기엔 좋았으나 약속을 잘 지키지 않고 거짓말을 잘하는 단점. 목책과 건초로 만든 길을 따라 머리에 인 플라스틱 양동이 속에는 새파란 물이 찰랑거렸다. 여긴 온통 식물로 만든 것투성이군, 그리고 온통 둥글고 네모난 것들밖엔 없군. 파곡波谷으로부터 파정波頂까지, 물결은 걷고 또 걸으며 확신 없이 자기를 삼켰다. 너무 절실한 음식은 수난상 밑의 점심식사에는 어울리지 않는 것. 나무와 마을은 건계乾季 속으로 사라지고, 메뚜기와 쥐들은 먹을 만한 것을 찾아 우계雨季를 날았다. 흰 해변이 끝나고 바다에 물고기들만 남게 되기 전에, 우리 물결처럼 서로 지워지기만 하는 손을 잡자. 물결이 자기를 떠밀어 올리며 습자연습을 하던 바닷가까지 숙과 홀은 옥수수 낟알처럼 노랗게 익은 얼굴로 걸어왔고 가족과 함께 나눈 내 말들은 그래서 부끄러운 것이 되었다. 책을 주세요, 요가 선생이 책을 읽어달라는 말에, 그는 '너무 좋을 때 죽는다过把瘾就死'라는 왕삭의 책을 맨 뒤부터 거꾸로 천천히 읽었다. 그래, 니네들은 사라지는 여러 글자를 내게 보여주려고 내게 태양만 바라보는 연습을 시켰을 거야. 지금 흰 해변은 잔물결 끝에 매달려 간신히 웃을 뿐, 이제 내겐 일곱 구멍도, 그 구멍을 뚫어줄 그들도 없었다.

## 한 방울의 검은 물

1960년대 그가 말리Mali에서 잊혔을 때, 이미 오래전에 죽었을 거라고 사람들이 생각했을 때, 1987년에, 부바카르 트라오레는 수십 년 만의 앨범과 함께 나타났고 나이 오십대였다. 빈곤에 담배사 필 돈조차 없던 그는 재단사, 세일즈맨, 농장관리인 등을 전전했다. 구슬픈 음성의 아프리칸 블루스를 연주하는 이 노인의 담배에 전 가는 목소리와 투박하게 연주하는 기타는 블루스의 원류가 아프리카임을 다시 한번 일깨워준다. 초기 블루스인 미시시피 델타 블루스가 미대륙에서 흑인 노예들의 노동요로부터 시작되었으니 어쩌면 이 음악을 '아프리칸 블루스'라고 부르는 것조차 미국적 시각인지도 모르겠다. 필연이 많아지면 그건 설득 방식이 될 뿐, 이해 방식은 되지 못하는 법이다. '아프리칸'과 '아프리칸 아메리칸' 장르는 서로 영향을 주고받으며 한 세기를 지났다. 그러나 변하지 않는 것이 있다면 미대륙의 천박성과 아프리카대륙의 신성성이다. 많은 블루스 음악을 흠모해왔으나 나는 이토록 형태에 있어 탈블루스의 길을 걸으며 방식에 있어 블루스적 길을 고수하는 음악을 들은 적이 없다. 가난과 전쟁 등 의지와 무관한 싸움 속에서 노래 부르는 사람들은 장소만 다를 뿐 공통의 영혼을 가지게 된다.

그건 체념이 될 수도 있고 집념이 될 수도 있다. 원근과 특정 시점이 무시된 아프리카 미술을 보듯, 아프리칸 블루스는 저잣거리를 너무 잘 알고 있고 저잣거리의 무질서를 너무 사랑했으며 이윽고 체념과 집념의 경계가 사라지는 선경仙境 하나에 도달하게 된다. 첫 번째 풍경은 솟구친 채 부서지는 포말이었고 마지막 풍경은 바닷가에서 주변의 빈곤을 바라보는 풍경이었다. 검은 한 방울의 물이 떨어져 붉은 꽃을 피운다. 정념의 힘은 낡아도 불평이 없고 사념의 힘은 새로워도 아픔이 없다는 점에서 둘은 모두 슬프고 행복한 것이었다.

# 쇼나 조각*에 빠진 사람들

강신술 모임의 붉은 빵과 흰 빵처럼 사막의 노래는 노새가 수레를 끄는 울퉁불퉁한 길 끝에서 한 번은 붉은 빵을, 또 한 번은 흰 빵을 씹었다. 이제 묵상의 시간만 물결 위에 남겨졌다. 잠항병潛航病을 앓지 않으려면 묵상의 수면까지 되도록 느리게 부상해야만 한다. 세상은 언제나 위경이고, 위경의 역사가 있었고, 사라진 사람들은 모두 목선을 타고 태양에게로 떠났다. 비린 생선이 입으로 붉은 피를 줄줄 흘리며 꼬리지느러미를 붙잡힌 채 어부들과 함께 올라오던 해변가에서 노인은 낡은 기타를 친다. 명판名板이 없어서 이 계절은 아름답다, 읽을 수 있는 것은 잃을 수 있는 것과 같은 것이니까. 위경과 진경의 점이지대漸移地帶에선 돌림노래가 어울렸다. 문틈으로 끼워 들어온 인근 교회 전단지의 '가족을 위한 은혜의 만나'는 내게 두 가지를 물었다. 1. 이삭에 대해 아는 대로 평가해보라. 2. 이삭이 우물을 여러 번 양보한 것은 무엇 때문일까? 그때 난 이삭을 이스라엘의 두번째 족장Isaac이 아니라 벼나 보리의 이삭으로 생각했다. 이삭은 우물을 양보했다. 난 그 구절이 무척 슬펐고 추수가 끝난 들판에서 흔들리는 메마른 가을 먼지들을 떠올렸다. 엄마, 오늘은 의

---

* Shona Sculpture. 짐바브웨에서 태동해 현대 조각의 한 흐름을 형성하고 있는 아프리카 미술.

혹 없이 정말 오랜만에 우물을 생각했어요. 그건 양보가 아니라 버리는 일. 차가운 물에 손을 넣고 자신의 눈동자를 들여다보면서 그 뒤편의 것들을 바라볼 뿐 부르지 않는 일. 그건 지금의 자기와 결별하는 일. 이레에 죽은 나에게 편지 쓴다. 네가 앞으로 살아갈 집에는 하나의 창문과 두 개의 햇빛, 씻겨내려가는 밤과 그걸 담은 닳은 접시가 있기를 바라. 서로의 얼굴은 씻겨주지 못해도 우린 늘 새롭게 헤어질 것이고 늘 새롭게 만날 거야. 날 구멍 낸 니들이 그리워. 니들이 뚫어놓은 구멍으로 바라본 세상들이 추해서 고마워. 비가 많아지는 계절엔 무거운 뿌리만 물결 안쪽에 가득했다. 품종사육사처럼 낮의 잎과 밤의 잎 사이를 오가던 계절에 내 방은 기계적 인과만 원했다. 그리고 태양과 물방울이 허름한 집에서 어두운 창을 하나씩 집어올리는 것을 지켜봤다. 쇼나 조각에 빠진 사람들에겐 과거와 미래가 없다. 모든 원근遠近을 한꺼번에 살고 나서 내가 다시 태어나는 이레의 낮밤. 배고픈 사람들은 조그만 창에 태양과 물방울을 가득 가두고 그걸 식탁처럼 바라봤다. 순간이란 건 참 좋은 색감이군요, 물들면서 동시에 탈색되는 색감이군요. 숙과 홀은 달의 분화구를 향했고 불에 탄 검은 흙에 작은 발바닥들을 찍었다. 그리고 통로가 없는 긴 타원형의 얘기들을 나눴다. 여행과 순례의 차이는 푸른 천과 붉은 천이 걸린 나무둥치에서 바라보던 밤과 낮의 차이. 입구든 출구든 여기서는 단지 바라보기만 하자, 멀지도 가까워지지도 않으며 구름은 강둑을 걸었다. 구름은 강둑을 늘 과거시제로만 말했고 강둑은 구름을 늘 현재시제로만 말했다.

## 사막에서 그려진 수묵화 한 장

천하에 흩어지지 않는 잔치는 없다 天下没有不散的筵席.　　　　　　　　—중국 속담

시대와 인간은 가장 하찮을 수 있는 단계까지 내려갔고 자기 자신에게 부재하는 것들을 찾기 위해 많은 생각을 했다. 부재를 찾다가 찾아낸 것은 본래 존재하던 것이 아무것도 없다는 사실이었고, 현재의 단계를 처참한 모습으로 인식하는 감각을 둔화하는 쪽이 안전하다고 생각했다. 그때 성찰이라는 말은 현실로부터 멀어지면서 서로에게 결여된 무엇을 드러내는 말이 되었다. 백가百家의 시대는 그러한 모습을 가장 명징하게 보여주는 시대다. 거대해졌지만 고민이 없는 시대에 담론만 풍성했다. 나는 유가儒家를 이렇게 이해한다. 거기엔 이런 얘기도 있었다. 강 건너려는 사람과 강 건널 수 없는 사람과 강 건너기를 바라는 사람과 그리고 강 그 자체에 대한 얘기. 그건 한 가지 얘기였고 한 가지 얘기를 다시 한 가지 얘기로 바꿔 한 말이었다. 나는 도가道家를 이렇게 이해한다. 도경은 위경에도 진경에도 가깝지 않다. 늙은 아프리칸 블루스맨 부바카르 트라오레의 풍경은 원시적이고 주술적인 색감으로 그려진 한 폭의 수묵산수화다. 여백이 주체를 말하고 방백이 독백을 대신

한다. 어디서부터 계곡이고 어디서부터 등성이인지, 어디서부터 나무이고 어디서부터 숲인지, 어디서부터 희극이고 어디서부터 비극인지, 황량한 사막에서 그려진 이 수묵화 한 장에는 전언이 없다. 언어 이전의 것들은 혼돈으로 구원받았지만 언어 이후의 것들은 규범으로 구원받았을 뿐, 혼돈으로 구원받지 못했다. 숙과 홀, 너희는 혼돈을 몰랐고 그랬기 때문에 난 빨리 아물 수 있었다. 지금 여름의 경계를 눈부시게 하는 것은 폐경지의 무덤과 물결이 사라지기 직전의 마지막 무늬뿐. 당신의 서른일곱 살이 내겐 없었으면 좋았을 거예요. 요가 선생은 그렇게 말했다. 눈물 한 방울 없는 밋밋한 이별이었고, 그는 지나간 시간을 바라보듯 TV 홈쇼핑의 때타월들을 바라보며 오랫동안 술을 마셨다. 여름은 강철 노처럼 흘러가지 않고 지루하게 녹슨다. 슬프지 않다, 다만 너무 지쳤다, 그런 말들을 그는 북경어로 썼다 지웠다. 아름다운 색깔을 나는 알고 있었고 그것이 자기 색깔이기를 바라는 사람들도 나는 알고 있었지만, 그게 어떤 무늬인지 나는 알지 못한다. 내게 그건 진경보다 더 아름다운 위경. 플라스틱 꽃대에 올려진 조화造花의 헝겊 꽃잎은 영원히 휴식할 수 있을 것이다. 안개로 뒤덮인 아스팔트 길 위에서 나는 사라지는 길의 첫번째 전신주를 너희, 라고 부르기로 한다. 또 내가 알고 있는 가장 나쁜 계절에 너희에게 회초리를 들고 다 외울 때까지 그림이 하나도 없는 책을 지루하게 읽히고 싶었다. 쓰인 것들은 쓰이지 않은 것들을 향한다. 나는 옥상으로 올라가 덜 마른 양말짝 같은 빨랫줄 위의 새들을 무심히 바라보았다.

# 망각의 의자

요가 선생을 둘러싼 담론

아이들은 길을 거닐다 이상한 빛깔의 돌이면 크든 작든 그걸 주워왔고 자기 전 세면대에 뱉던 잇몸의 붉은 피를 가장 좋은 색깔이라고 생각했다. 뭍으로 걸어나오던 물 아래의 빛은 허망했고 같은 날을 서로 달리 기억하며 나무는 검거나 붉어졌다. 경박해야만 했던 술상 앞의 사람들, 그들이 가진 자기혐오의 다양한 기술들. 그는 해장국 국물을 쇠젓가락으로 찍어 탁자 위에 '무염지성無厭之性 음양지두陰陽之蠹'라고 쓴다. 만족함을 모르는 성격이란 음양陰陽의 좀벌레와 같은 것.* 기억은 타인의 것이 될 수 없다. 하나의 사실(사건)은 바라보는 것이 주체냐 객체냐에 따라 다르게 재현된다. 인지되는 순간 기억은 오염된다. 그걸 과연 사실이라고 부를 수 있을까? 5분 전의 술병은 5분 후의 술병이라고 증명할 수 있을까? 순간이 옳다면 그걸 바라보는 순간의 주관성은 옳은 걸까? 아마도 아닐 것이다. 어느 날 요가 선생은 우린 생각이 달라요, 라고 말했고 그는 그 말이 너무도 당연하여 그걸 결별의 말이라고 생각할 수 없었다. 그가 본 기억 속의 그녀는 지워지면서도 아름다웠다. 진실은 있었을 뿐 있었다고 말할 수 없다. 요가 선생은 있었을 뿐 있었

* 『열자(列子)』, 「양주(楊朱)」

다고 말할 수 없다. 색소결핍증을 앓는 나무들은 오전과 오전 사이만 계속 반복하며 걷고 있었다. 오해하는 것과 익숙해지는 것의 차이는 구택舊宅의 지붕 뒤로 지나가는 여름 폭풍과 그 여름 폭풍이 주인 없는 산27번지의 모든 창을 기억해내는 재현력의 차이. 요가 선생과 그는 함께 쇼핑센터를 하릴없이 돌아다니는 걸로 첫 연애를 시작했고 서로 집으로 돌아갈 땐 늘 주머니에 돌이 가득 들어 있는 기분이었다. 서로 바라본 기억은 각자가 만든 기억보다 아마 더 지독하겠지. 당분간은 그걸 슬픔이라고 부르자. 테세우스와 그의 친구 페이리토스는 지하 세계의 여왕 페르세포네를 납치하여 페이리토스의 부인으로 삼으려는 허황된 꿈을 꾸며 지하로 내려갔다. 하데스는 그들을 '망각의 의자'에 앉혔고, 앉는 순간 테세우스와 페이리토스는 모든 기억을 잃고 지금 어디에서 무엇을 하는지도 깨닫지 못하게 되었다. 우리는 의자를 조금 당겨 앉고 주위의 사물들이, 나누는 말들이 서서히 사라지는 것을 보고 들었다. 당분간은 그걸 더럽힐 수 없는 것들이라고 부르자. 아이들은 빛나는 돌과 정답이 될 수 없는 말을 나눴다. 그해 여름날에 돌들은 구슬보다 더 아름답게 반짝였고 아이들은 주머니에 손을 넣고 점점 무거워지는 팔이 자기를 깨끗하게 자라게 한다고 생각했다. 오해를 기다리면서, 우리는 좀벌레를 생각했다. 살아왔다고도, 살아 있다고도 말할 수 없었다.

# 신들의 황혼/별사냥

Musa Dieng Kala,
《Shakawtu》, 1996

세네갈이 프랑스 식민지였을 때 비폭력 저항운동을 펼쳤던 이슬람 신비주의 수피즘의 종교지도자 아마두 밤바Cheikh Ahmadou Bamba는 무슬림 사회에서 성인으로 추앙받는다. 시 형식을 취하는 깨달음과 가르침의 전언들만을 사용하여 세네갈 뮤지션 무사 디엥 칼라는 곡을 붙이고 노래한다. 프랑스계 퀘벡 뮤지션들의 도움을 받아 음반을 만들었으니 순수하게 세네갈적 색깔을 기대할 순 없을 거라고 생각했지만 목소리의 힘은 그 모든 걸 뛰어넘어 아프리카의 극명한 정체성을 간직하고 있다. 음악적으로는 아프로팝Afro-Pop과 다르지 않지만 그곳엔 신앙과 신에 대한 보편적 지극함이 숨겨져 있다. 불이 꺼지고 집이 조용해지고 그리고 단순한 메시지의 아름다움을 향해 귀를 열 때 양모羊毛를 두른 아프리카인이 걸은 고행과 유행遊行은 명확해진다. 묵상적이고 정관적인 흐름에 몸을 기대고 오늘 본 새를 내일 본 새라고 불러본다. 인간이 미래에 중독될 수도 있다는 것을 정든 여름이 끝나고 나는 알았다. 붉은 피를 가진 것과 푸른 피를 가진 것의 상상만으로 초열焦熱의 여름이 지나갔다. 이제 함께 능소화를 지켜볼 순 없겠지만 능소화가 가장 붉었을 때를 가장 붉게 지켜주던 새의 검은 깃은 잊지 않을 것이다.

해파리가 여러 개의 촉수로 물고기를 품는 유영의 공간처럼 관대함은 늘 공허한 것에 대해서만 시간을 부여했다. 이 세계에는 없는 계단들에 대해 생각했다. 그 계단은 오늘과 내일을 몰랐고 나 이외엔 아무도 아래쪽으로 밀어 떨어뜨릴 수도 없었다. 나는 검은 새 이야기를 했다. 구름을 만질 때의 나는 곡마단 혹은 개가식 도서관이었다. 사슴은 빨강 모자를 쓰고 뛰었고 주위엔 책 태우는 냄새뿐이었다.

단지 연대기가 필요했을 뿐, 사건의 감성 따위는 중요한 것이 아니었다. 오늘이 내일로, 올해가 이듬해로 갈피마다 폐원廢苑이 열렸다. 부당한 것은 양각으로만, 정당한 것은 음각으로만 바람은 구름의 모양을 쉽게 정리하고 있었다. 그해엔 오래 사용하지 않은 이메일의 비밀번호를 변경하려다가 잊고 있었던 변경 열쇠 질문과 그 답을 읽었다. 다시 태어나면 되고 싶은 것은?이라는 질문에 대한 나의 답은 '여름'이었다. 그 답은 간결했고, 앞으로도 더이상 바뀔 게 없는 바람이었다.

그해엔 B와 A가 나를 위로해준 유일한 친구들이었다. B는 키가 크고 노란 얼굴, A는 키가 작고 얼굴이 검었다. 어떤 날엔 자신에 대한 힐난밖에 다른 건 무기가 되지 못하는 B와 A의 궁색한 싸움을 가슴 아프게 지켜봤다. 또 그해엔 홍콩 배우 매염방이 "난 약한 사람이 아니다. 어떤 두려움도 없고 이 싸움에서 이길 것"이라고 말한 지 3개월 만에 자궁경부암으로 죽었고, 싸움에서 이길 것, 따위의 말은 남기지 말았어야 옳았다. 그들은 방식의 문제가 형태의 문제가 되는 긴 여행길을 떠났다. 죽은 자들 모두 어떻게 발자국을 찍었는가보다 어떻게 자기 자신이 발자국 그늘 위로 올라섰는지에 대해 궁금해했다. 적籍으로부터 내침을 당한 멸빈자들의 쓸쓸함과 쓸쓸함으로, B와 A는 주먹을 풀지 않고 회고형 말을 나눴다. B에게 그건 낭송과 같은 거였고 A에게 그건 필기와 같은 것이었다. 누나의 여름 화원에서 가져온 소사나무는 겨우내 죽어버린 줄 알았지만 봄에 싹이 움텄고 발코니에 앉아 그걸 바라보며 관절 없는 목각인형처럼 슬프게 팔만 흔들었다.

외상 없이 내상으로만 깊게 흐르는 것. 그것이 별자리가 별의 위치를 기억하는 단 하나의 방식이었어야 했다. 문방구 앞에서 때묻은 단추를 만지작거리는 아이들은 연꽃 줄기 아래 매달린 공기 방울처럼 떠나온 곳도 떠나갈 곳도 없어 보였다. 그해의 여행은 그해의 내 골방과도 같이 더이상 걸을 곳이 없었지만 많이 걸어야만 한다고 늘 강조해야 했다. 모든 게 다 노래 때문이었다. 언제나 같은 방향의 바람을 평생 동안 묘사했지만 한 번도 같은 방향을 그리진 않은 노래 때문이다. 주머니의 절반쯤은 가둘 수 없는 것들을 위해 꼭 비워놓아야 한다는 걸 그땐 알지 못했다. 애들아 동쪽에 살색 바람이 분다, 분홍신을 신고 발목이 없는 춤을 추러 가자. 아이들이 옥상에 올라가 조소를 담아 낡은 신발을 허공으로 날려보낸다. 신발은 너무 낡아 스스로가 아니면 버려줄 사람이 없다고 아이들은 생각해야 했다. 가장 늦게 도착하는 버스의 불빛 탓에 별의 사냥철이 끝난 걸 알았다. 내 손가락이 허약했을 때 내겐 사랑하는 사람이 있었고, 그에게 손톱깎이처럼 아무 뜻 없이 내 손가락을 쥐여주었고, 그걸 쥔 손은 소중히 개구리를 물고 있는 검은 새의 희고 얇은 부리 같았다.

젊은 사제는 사육제의 밤을 걷는다. 가난하고 소박한 날에 허리에 매달린 물병엔 더러운 부유물의 별자리로 가득했다. 땔나무를 쌓아 불을 놓고 그는 사슴 굽는 냄새를 맡았다. 약하고 성긴 구름이지만 현실과도 꿈과도 만나지 말라고 그 가엾은 것들은 나를 다독일 수도 있었다. 그해, 날아가 꽂히고 날아가 부러지기를 반복하던 화살의 계절. 미야자키 하야오의 애니메이션 〈붉은 돼지〉가 뒤늦게 개봉을 했고, 극중 '피오'라는 이름의 어린 비행기 설계사에 나는 열광했었다. 1920년대에, 파시즘과 전쟁이 한차례 지나고 있었고, 지중해 어느 바다 위에서는 느닷없는 비행 축제가 벌어지고, 그곳에선 돼지를 사랑한 여자도 아름다웠고 여자를 사랑한 돼지도 아름다웠다.

낮에 걸었던 발소리에 내 모든 하루가 귀기울인다. 소리를 듣는다는 건, 귀가 그 소리들과 다르며 동시에 일정한 거리에서 서로를 닮아간다는 뜻이기도 하다. 하여 숲과 자주색은 내 산책이 좋아했던 테마였고, 반듯하게 정의 내려주는 소리들을 나는 싫어해서는 안 되는 것이다. 가장 늦은 버스를 타는 것, 그리고 가장 먼저 시름에 도착하는 것. 그것이 여행에 대한 나의 첫번째 물음. 길을 잃었는지, 잃고자 하려는 건지, 소리와 귀는 가장 나쁘게 서로의 감각에 대해 몰두하고 있었다. 자각이란 그저 '사라졌다'는 것에 익숙한, 편리한 도구일 뿐이니까. 난 B와 A를 잊으면서도 그들이 나눈 거짓말들을 분명히 기억했다. 가책의 방식으로 길들은 여름내 꼬리를 짧게 하나씩 끊었다. 내가 가장 잘 숨을 수 있는 질문들이 주변에 많아 그간 즐겁고 행복했다. 내가 내 발자국들을 소리로 들을수 있어서 행복했다. 환생이 있다면, 다음 생은 과거에서 환생해야만 하는 것. 그것이 여행에 대한 나의 두번째 물음. 둥지와 온기 모두를 알고 있는 어미 새도 바람을 통과해가던 거대한 몰약인 여름에게는 답해줄 수 없었다. 실명失明의 느낌으로 한낮을 오래 사랑했고, 귀가 이명耳鳴으로 가득차는 느낌으로 옥상을 사랑했다. 너희들은 옥상 하나 가득 별들을 몰아가고, 더러 북과 피리를 울리며 다리 저는 별들을 올무에 가둘 수도 있었다. 그래도 이건 알아야 해, 돌아가신 아버지는 너희들이 여섯 살 때 너희를 버리고 물놀이 떠났고, 고향에선 아직도 붙잡은 물고기를 너희 아빠라고 생각하며 토막을 내. B에게 그건 씻는 일이었고 A에게 그건 씻기는 일이었다. 더러워질 수도, 더럽게 만들 수도 있었으니까 언제나 신의 황혼은 인간의 황혼보다는 좋은 것. 그건 내가 내 기억보다 오래 살지 못할 것이고 내 기억은 바람보다 멀리 갈 수 없으리라는 의미.

그것이 여행에 대한 나의 세번째 물음.

**배농**排膿

Nikhil Banerjee,
《Raga Malkauns》, 1998

산이 사라졌다. 어떤 자는 자신의 어깨에 신이 올라가 있다고 믿으면서 동시에 그 신이 난쟁이 위에 올라가 있다고 생각한다. 동시에 우리가 보다 많은 창조를 하나의 창조로 줄이는 까닭은 우리 자신이 바라보는 시선의 끝에 몸이 없어서가 아니라 그들의 어깨에서 잡예雜穢가 흘러나와 우리 몸을 적시기 때문이라는 걸 알지 못하기 때문이다. 정말로 앓고 싶지 않았던 병은 자기 자신과 완전히 일치하는 하나의 자연이며 나는 그러한 빛으로 나를 얼룩지게 하기로 한다. 동물이기 위해 동물들의 희생이 필요했고, 인체를 허공으로 만드는 작업은 아주 신성하고 고귀한 창조가 되었다. 그렇게 산이 사라졌다. 그리고 달은 자신들의 흥분이 늘 우리 어머니의 것이기를 바란다. 그리고 살아간다는 밋밋한 주름들이 그림자 밖의 것으로 남게 되는 것이다. 고독한 자는 그러한 외침으로 자기를 찢는 자이니, 이제부터 씨앗에 대한 반성에서 시작해서 그 씨앗이 뒤덮은 들판에 대한 이해로 끝나게 될 이 훼손들을 당신은 훼손하지 않고 우리에게 전해주게 될 것이다. 자기 자신에게 아무것도 남지 않았다는 것을 보고 놀란 것도 잠시, 당신은 당신이 아니면서 흐른다. 별자리의 남단南端까지 이어질 새로운 바다의 탄생을 지켜보며 바다 밑의 산마루처럼 개조開祖들은 자기를 가장 적게 드러내는 옷을 깁고 있었다. 사람이 자신의 흥분이 신의 것이기를 바랄 때, 사람의 극장에서 일어난 일이 영원으로 그 밑바닥을 채우는 일과 같은 문제에 관해 '그것은 우리와 싸우지 않는다'라는 답을 찾은 것은 이것으로써 가능했다. 인간의 씨가 들어있는 뱃속의 그러한 소음의 세계가 배 밖의 지나친 고요함에 침해될 때, 밤에서 약간의 고름 같은 것이 나오는 걸 발견하기도 했다.

표면은 내부와 개별적이지 않기 때문에 공간으로서 인간의 안과 밖은 서로 이해한 것이 될 수 없는데도, 당신은 여전히 긍지와 승리라는 벽癖에 들린 사람처럼 보였다. '오 인간이여, 그대에게 작은 등잔이 있어 감정에서 짜낸 얼굴로 그을음을 만들어라.' 하지만 이것은 있지 않았던 일의 세계이자 통칭統稱의 세계. 전이轉移의 방식으로만 신은 인간의 이유에 해당될 것이다. 당신은 내가 인간이라는 이유로 나를 괴물 취급할 것이다. 누공瘻孔을 누공으로 연결하는 연쇄이며, 사건의 모든 배치는 눈의 배치에서 탄생하는 것이라는 걸, 가장 밝은 부분의 밤은 오늘의 정오로 돌려놓고 있었다. 그리고 그것은 친구가 되어줄 것들을 내게서 모두 없애버린 별의 깊은 멍자국 같았다.

별이 많이 번졌네요, 사마귀가 옮는 것처럼, 흉터가 될까봐 그냥 참습니다. 그리고 나는 음부나 항문에서 가장 쉽게 발견됩니다. 다만 부스럼과 손톱 주위의 겨울 이야기를 주워모으는 일로 밤과의 우정을 편리하게 할 뿐이지만, 어쨌거나 겨울은 그의 완력을 우리의 사지四肢로 보내 그것들을 고드름처럼 아래로 길어지게 하고 있네요. 투명함은 맑은 것과는 다른 것이기에 나는 나에게로 번져오는 별빛이 나의 형상을 바탕으로 형성된 것이라고 부르기에는 너무 투명한 이성과 충돌한다고 여기게 됩니다. 다만 오늘밤은『율리시스』, 한 애란인愛蘭人의 책을 읽으며, 나와 나는 야간 교대를 하고 있습니다. 신비에서 나를 오려내기 위해서입니다. 새로 생기는 수면睡眠에 손발을 붙여두고 그저 '신은 불이다. 그리고 신은 그것을 질투한다'라는 말을 참고 있습니다. 다리가 있는 산책에서 다리가 없는 산책으로, 유령의 응고凝固가 시작되고 있습니다.

소여所與는 작은 것들의 속삭임이다. 별들은 그런 해결을 맹신하고 있었다. '별은 병든 잎'이라고 쓰고 한번은 그냥, 또 한번은 '나의'라는 말을 앞에 붙이고 읽어본다. 그리고 이 계절은 나뭇잎을 거둬들이는 작은 번식을 하고 있다. 그자가 내 귀에 숨을 불어넣어주었듯이 자연은 이 귀에 불모의 것들을 가져다주고 있다. 하여 나는 외롭다 나는 잃어간다 자연이 아닌 것을 하고 있다. 그리고 당신의 졸편卒篇이 허공에 무정물無情物의 집단생활을 남겨놓을 때, 나는 그것의 본보기일 뿐인 얕은 악몽을 하고 있다. 실패란 지켜야 할 것이 있을 때 가능한 것이다. 그러나 발버둥이 무엇의 올바름인지를 알 수 없게 될 때, 그것은 위치로서의 장소가 아니며 동시에 자연 속에서 주장되는 것이 아니게 된다. 그렇게 산들이 사라졌다. 하지만 그들의 뛰어남 역시 단지 서글픔을 침착으로 가장하는 일일 뿐이다. 자연이 만들어진 것이라고 간주될 수 있다면 그것은 내가 그것이 말하려는 바가 무엇인지를 모르기 때문이다. 우리는 길이를 재는 도구 이상의 사물이 되기 위해 오후에 오후를 덧씌우고 모범을 도덕이라고 착각하는 놀이를 하고 있다. 뿌리라는 특정 행위를 반복하며 밤의 마멸磨滅은 우리의 머리 위로 눈송이처럼 밝게 떨어진다. 인체의 부속지라는, 군소적群小的 신들과 함께.

이곳에서는 참혹조차 별처럼 소리를 낸다. 그렇게 선생은 깨어나지 않는 사람을 반복해서라도 깨어 있는 사람이 아니고자 했다. 내게 있어 당신이 축제일 때 기억은 언제나 권리적이고 병폐적이었다. 이별이 지평선을 향해 끊임없이 떨어지고 있었다. 그것은 머리에 큰 장미 한 송이를 인 악자惡子가 아름다움에 대해 쏟아붓는 질투와도 같았다. 하염없는 걸 좋아하는 내게 당신은 '신발을 잃어버리는 꿈을 꾸었니? 아니면 발이 너무 시린 꿈을 꾸었니?' 하고 다정히 물었다. 내가 미로의 입구에 반할 때, 너는 태아처럼 발가락을 꼭 붙이고 거의 없는 빛깔로 이 한 방울의 생을 건넜다 . 때문에 이것은 두번째에 의해서만 첫번째일 수 있는 생. 없는 것에 침잠하는, 불후不朽하는, 당신의 첫걸음에서 살점의 냄새가 맡아진다. 그때마다 거꾸로 매달린 박쥐들은 놀라 혼비백산하고, 그때마다 잠이 문드러졌다. 그러나 나는 죽음으로 할 수 있는 일을 삶으로 하고 있다. 아직 오지 않은 세상에서라도 죽는 일을 반복하고 있다.

무엇이 옳은지 옳지 않은지 생각하기 때문에 이성의 싸움이 생기는 것이라면, 무엇이 옳은지 옳지 않은지 생각하지 않기 때문에 본능의 싸움이 생긴다. 그리고 인간은 이 둘을 세계의 야경夜景으로 흐릿하게 바라보는 것이다. 불은 어둠 모두를 태울 수는 있어도 그 자신을 능멸할 수는 없다. 그렇게 불에 가장 그슬린 인간이 탄생할 것이다. 불운은 쥔 동전을 버리지 못할 때 생기는 것이 아니라 동전을 쥐고 다른 동전을 바라볼 때 생기는 것이니까, 우리가 사랑하는 날들은 언제나 깃털과 같은 무게로 우리를 바닥까지 끌고 내려갈 것이다. 그렇게 추악醜惡은 우리 세계의 재능을 우리 이외의 세계로 물들일 것이다. 태어날 곳이 사라진 사람이여, 우연찮게 너의 농담은 아름다웠다. 그런 네가 아직도 인간에게 들려오는 음식을 쪼아 먹는 모습을 바라보면서, 언어와 언어의 기계로 만들어진 세계가 단지 그걸로 안전하다면 세계는 나의 안전만큼 불안을 빼앗긴 셈이라고 생각했다. 고요히 입을 다물고 단단한 껍질 속에서 죽어가고 있을 그들을 내가 내 안의 독사라고 부르지 못할 이유가 없는 것이다.

천사를 악마만큼 공통적인 것으로 만들 수 있을까? 그런 물음으로 나를 찌르고 베던 고요한 언덕을 생각한다. 삶은 가기 위해 오는 것이 아니라 오기 위해 가는 것이다. 그리고 그것은 중력이 없는 곳에서 중력을 바라보는 기이한 간섭으로 죽음을 완성하는 것이다. 내가 도륙되던 고요한 그 언덕의 추이대推移帶는 옳았는가. 날아올라도 될 것 같은 선연한 양귀비색으로 몹시 번지며 번개 치던 추이대는 옳았는가. 이후의 당신은 불가능한 채로 옳게 된다. 뒷면에게 향해 있는 정면이 되는 것이다. 강 건너려는 숲이 종양腫瘍처럼 모여 있었다. 아기를 업은 등 위의 악취를 여자는 참기 힘들었다. 누군가를 위해서라도 오늘의 이별은 새떼와 같아야 한다. 대상을 실천하는 방법은 자연이 괴물을 위로하는 것으로 자신의 귀결을 우리의 머리에 매듭짓기에 가능한 것. 오늘의 인골人骨 도둑들은 이 숲으로 침묵을 물어오는 새떼였다. 그들은 들판에 대한 지식만을 가지고 들판으로 뛰어드는 방식으로 이 밤을 자신들의 진정한 작가로 만들고 있었다.

빛은 행각行脚한다. 침묵하는 자는 현재를 완벽하게 만드는 자로 일렁인다. 그리고 예언은 예언자로 일렁인다. 내게 필요한 무언가가 내 안에 있기 때문에 나는 내부의 비참함을 보았다. '너를 기르겠다'라는 선생의 말은 '내 무덤을 너희에게서 만들겠다'라는 말의 식례式禮였다. 그러나 축복은 신음처럼 목 아래 감추어진 채로 자신의 영감과 아직 싸우고 있는 것이다. 모자母子의 약속은 그 후손들의 태고사太古史만큼 아름다우니, 바람은 놀랍도록 자신의 이전과 이후를 불편하게 하고 있으니, 모든 중심이 본질적으로 부분이 되고 있는 것으로 불가능은 그것의 가능과 정확히 병행을 이루는 것이다. 다리인 채로 나는 태어났다. 잉태되기 위해 걸었다. 그리고 대개의 하루는 분변糞便 속에서 발견되곤 했다. 앙상한 알몸 속에서, 평생 같은 자리에서 날아올라야 하는 애벌레의 의젓함을 부럽게 바라보면서, 자정에 치켜떴던 나의 눈을 정오가 감겨줄 것이다.

슬픔을 만들어봤다.
침이 멈추지 않는다.
자정의 싹이 튼다.
나는 내 어머니로 올 것이다.

# 종終
## 처네를 쓴 여인

폭양 아래, 녹양 아래, 나는 시린 눈발을 생각한다. 그곳에서는 다시 만나 주고받을 게 없는 빈손만으로 서로를 기억할 수도 있었다. 인연이란 건 기묘하다. 지금 내가 백번째 계단을 오르고 있다면, 그다음 계단은 백한번째가 아닌 첫번째 계단. 무릎에 반짓고리를 얹어두고 바늘귀에 주홍색 실을 꿰며 자기의 처녀 시절로 돌아가던 할머니의 모습을 떠올렸다. 침전장으로 흘러가는 더러운 물에게는 가끔 예의 바르게 인사도 하고 찐한 농담도 받아주고 싶었다. 어딜 늦게까지 싸돌아다니느냐고 상보를 걷으며 엄마가 말한다. 엄마, 난 싸돌아다녀야 해, 까마귀에게 더 많은 까마귀를 보여줘야 해. 술어 다음에 목적어를 쓸 땐 나와 계절 사이엔 아무것도 없는 의미. 투명한 반구를 그리는 저물녘 길들은 불만을 달랠 때만 밝고 사려 깊었다. 그것이 겨울 까마귀들에게는 낭보가 되기도 했다. 처네를 쓴 여인은 그저 걷는다. 눈 오는 날은 내게 옷깃을 하나 선물했고 나는 모든 저녁으로 이어지는 실을 선물했다. 네, 꼭, 이라고 한 글자로만 실을 묶고 겨울과 눈발은 지워지는 것들을 견디기 시작했다.

처네를 쓰고 여인이 걸어간다. 폭양 아래, 녹양 아래, 나는 시린 눈발을 생각했다. 산 중턱으로 난 소로를 따라, 당간지주를 지나, 까치발을 돋우며 사천왕상을 지나, 문득 출가하고픈 날이었다.

# 행복한 난청

ⓒ조연호 2022

**초판 1쇄 인쇄** 2022년 8월 5일
**초판 1쇄 발행** 2022년 8월 16일

**지은이** 조연호
**펴낸이** 김민정
**책임편집** 김동휘
**편집** 유성원 김필균
**디자인** 고은이
**마케팅** 정민호 이숙재 김도윤 한민아 정진아 이민경 우상욱 정유선
**브랜딩** 함유지 함근아 김희숙 박민재 박진희 정승민
**제작** 강신은 김동욱 임현식
**제작처** 영신사

**펴낸곳** 난다
**출판등록** 2016년 8월 25일 제406-2016-000108호
**주소** 10881 경기도 파주시 회동길 210
**전자우편** nandatoogo@gmail.com **페이스북** @nandaisart **인스타그램** @nandaisart
**문의전화** 031) 955-8875(편집) 031) 955-2696(마케팅) 031) 955-8855(팩스)

**ISBN** 979-11-91859-29-4 03810